楠竹集

屠珺楠 著

北京燕山出版社
BEIJING YANSHAN PRESS

图书在版编目（CIP）数据

楠竹集 / 屠珺楠著 . —北京：北京燕山出版社，
2016.10（2025.4重印）
ISBN 978-7-5402-4191-9

Ⅰ . ①楠…　Ⅱ . ①屠…　Ⅲ . ①古体诗－诗集－中国－
当代　Ⅳ . ① I227

中国版本图书馆 CIP 数据核字（2016）第 218259 号

楠竹集

责任编辑：金贝伦　刘　冉
责任校对：史英通
出版发行：北京燕山出版社
地　　址：北京市西城区陶然亭路 53 号
邮政编码：100054
联系电话：（010）65243837
印　　刷：三河市兴国印务有限公司
开　　本：880mm × 1230mm　1/32
印　　张：8
字　　数：100 千字
版　　次：2017 年 1 月第 1 版
印　　次：2025 年 4 月第 4 次印刷
定　　价：39.60 元

　　有一天，郑惠芬老师找到我，说有一个学生找我，想让我看看他写的一些诗稿。虽然我对于写诗并不在行，但是不会做衣服却喜欢缲缲边。在诗歌写作有式微之虞而中学作文高考常常限定"诗歌除外"所以教师并不教学诗歌写作的今天，听说学生写了不少诗稿，其兴奋之情难以言喻，立即找到那位学生，拿来他的近十首诗章，细细读过。那诗，虽用古体写就，但处处透射着少年的青春活力，虽然不免有稚嫩之感，但那真情诗意却令我兴奋不已。我与他做了长时间的交谈，鼓励他继续写下去，并在我的网站上陆续上传他的作品，在我主编的《寻找佳作》杂志上推介他的作品，还说，当你写到一定量的时候，我给你想办法印成集子。一年时间过去了，他不断地找我，我不断地与他交流，不知不觉地他已经写了近二百首，可谓数量不菲了。况且他也将开始拼搏高三了，也许未来的一年，他将不会有太多的时间再和我讨论诗歌了，于是我就想兑现诺言，帮他印一本册子。那天，我找到他，说了我的想法，他当然很高兴，并请我为他的诗集"赐"个名。我说，怎有"赐"名之说？不过，你既说了，我倒有个建议：你的名字叫屠珺楠，先取一个"楠"字，再拼一个"竹"字，"竹"者，四君子之一也，暗扣你名字中的"君"字，就叫"楠竹集"吧，如何？他竟欣然。于是，这事就这么定下来了。

这本册子收进屠珺楠高中几年间写作的二百多首古体诗，内容多是读书生活的感想，有读书随想，有看电视的感悟，有对同学的认识，有对生活的评价，等等。虽然说中学生活与大千世界比起来要狭窄一些，但是，正如面对半瓶酒，不同的人有不同的认识一样，我们也可以说中学生活里是有无穷宝藏的。只要我们有一颗热爱生活之心，有一双观察生活的慧眼，用一支飞舞挥洒的彩笔，就会把我们生活中的一瞬，那不经意的一瞬，化为感动人心的诗章。于是，我就想了，我们的学生是有着多方面发展潜能的，作为教师的责任，就是发现这种潜能，促发这种潜能，给以鼓励，给以引导，给予帮助，让一个个具有爱迪生潜质、具有臧克家潜质的人，不至于被我们的疏忽而埋没或扼杀。屠珺楠同学是"理科实验班"学生，他这么爱好写诗，其间还有其他什么可以感想的我不说，倒是觉得学理科的偏偏要读点文科的书，益处确实是无穷的，学理科写写诗，更有利于激发创新思维。有研究表明，人的大脑被开发利用的不到百分之十，有许多人已经开始进行开发左右大脑的教学实验，右脑的开发研究，证明人的创造能力与其有关，而右脑所司就多是形象思维，就是艺术的，诗歌创造也是一种形象思维的艺术。我有一种联想，也许过若干年后，在我们的校史上会出现一位"苏步青式"的校友，自然科学的专家，业余爱好却是写诗，他给人们留下许多脍炙人口的诗章。我想，我的这个预想不是没有根据的。我们的学校就是要做对每个人负责的、对社会负责的、对人类负责的工作，而不仅仅是当前。当然，一切的未来都是由无数个当前组成的。

愿我们每一个有特长的学生，在我们的校园都能得到精心的呵护和帮助，成长为国家的有用之材。

序 诗

微才两袖舞花情，
薄学七弦弹风流。
一江诗潮三百卷，
未尽太白酒半瓯。

献给我的母校宁波中学

献给我的父母

献给我的孩子

春曲秋歌

风魂雨影

落花飞絮

母爱乡怀

馨园乐塾

书海拾贝

碎梦琐事

杂感随想

春曲秋歌

楠竹集

七古·春雪

题记: 是年大雪三场,一场立冬、一场立年、一场立春;其中,立春之雪最强、最欢、最入感。

旭来春雪急叩门,惊起梦中闲游人。

启帘窥探访者谁,燕山白席[一]覆全晨。

斯时应合冬方去,梨花片稠[二]争卧姿。

寒虫疑是春芳开,争入香瓣戏银丝。

啼春细语飞来鸟,清歌娇啭天欲晓。

一夜仿佛霜华归,江北亦道江南好[三]。

三江春水欲东流,无奈冰甲侵不透。

素蟒锦虬绒作袍,千顷万里罩明州。

漫天飘碎锁长空,山色顿失舞蛟龙。

问君何时再逢春,只道亿仗雪山重。

人生瑞雪幸可遇,一年朝夕能几何。

纷纷扬扬下江南,潇潇洒洒赶梅节。

衔玉含雪本有意，却化泠凉冰清水。

未入愁肠人已惜，樽前不敌难得醉。

岂堪自醉好风景？初醒却生依依情。

人间此情应长待，春风徒与化心晶。

小注

一、"燕山白席"借李白诗句"燕山雪花大如席"；

二、"梨花片稠"借岑参诗句"千树万树梨花开"之意；

三、"江北"、"江南"指长江以北、长江以南。

风入松·春雪

上　阕

一夜春意孕冬雪，随风下江南。

晶莹片片明点点，到心田。

当此丰年，

却如今都飘散，天涯海角一边。

下　阕

苍穹何流桃花泪，凭栏月枯颜。

又是玉兰丢妆蕾，误人间。

问谁更白，

皑皑寒花颤颤，瓣瓣残香闲闲。

小注

知事以来，明州之地，冬春鲜有冰雪；故忆年少，每逢天地飘白之时，与邻童尝嬉，有亲朋相伴；自入宁中，书不缚诗，如遇冰雪，则必歌之。

七绝·送冬客

二零零八年三月

昼开东风春狂舞，九州一夜换人间。

玉兰银花炫粉面，薄裙轻纱绕馨园。

小雨卿卿润冻土，大雁遑遑掠寒天。

二月水流正月舟，千里江冰去不还！

小注

笔者书生之时，甚爱冬季，缘其无蚊蝇扰梦、亦无汗渍绕身，且有风声为歌、雪色迷人；故笔者之于冬，或称之为冬客，或称之为冬娘，或称之为冬君。

迎春诗三首

其一　五绝·烟雨

烟雨除夕中，只是无寒雪。
雪寒人心暖，长空挂圆月。

其二　五绝·飞雪

飞雪送冬去，爆竹迎春到。
合家祝团圆，举杯皆欢笑。

其三　五绝·繁星

繁星聚长空，万家灯火红，
其乐意厚浓，来年腾飞龙。

小注

彼时，年是节；此时，年是结。

五律·永丰桥上迎春

二零零七年三月

题记：高考之前，笔者常骑车往包玉刚图书馆自习，而永丰桥是必经之路，或喜或悲，或乐或愁，皆溢于此桥之上。

驰骋永丰桥，人比江心浩。

东眺潮海平，西望落日俏。

老风问徐徐，新芽答巧巧。

远处彩筝飞，误识雁来早。

小注

写作的时候有个插曲，本来颈联为"晚风问徐徐，新芽答巧巧"，笔者在出版前将其改成了"老风问徐徐，新芽答巧巧"。有朋友评论道，很像当年王羲之将王献之的"大"改成了"太"。笔者不敢自比王氏父子，但彼时的幼稚和此时的成熟对比明显，至于改动之好坏，就任由读者品味了。

杂诗·夏恋春

题记： 这是夏天对春天的怀恋，这是春天对夏天的思念。

拂去春柳风，迎来夏桃雨。

回眸百媚生，芳心早动矣。

别处凉淡语，再逢更无期。

梦里念与思，此情总相依。

小注

此诗言辞青涩，应作于二零零五年春夏之交。

夏午四首

题记：是年夏午，兴于风雨而止于雷云，交幻之际，作诗以抒。

其一　五绝·风

狂沙飞千里，乱石走单骑。

呼入东海水，龙王赶来疾。

其二　五绝·雨

窗台挂瀑帘，花坛插稻田。

疑是苍穹破，银河下人间。

其三　五绝·雷

火烧北岸柳，力撞西角楼。

霹雳惊九霄，仙魂四处游。

其四 五绝·云

乌篷盖乾坤，玄幕罩州城。

天庭十八层，油尽灭烛灯。

小注

忆当年，雷鸣云起风走雨注，蔚为壮观，人生罕至，故记而为诗。

夏令三首

其一　五律·小蝉

小蝉惊桑巅，大雁鸣长天。

水杉开水花，江树挂江烟。

荷塘芳香溢，蛙池歌声旋。

晚虫搅美梦，夜莺啼愁眠。

其二　五律·和风

和风归来急，不解凭栏意。

促织斗情绪，游子念乡历。

恨将弦月拨，愁却偏楼倚。

坐观梅子雨，天霁心犹泣。

其三　五律·山色

山色依残照，斜风梳花草。

岭分夕阳明，雁惊晚霞扰。

闲情乘青云，诗意到碧晓。

何以愁前路，落日无限好。

小注

那时的夏，最难忘的是三件事，雨后的晴霞，期末的暑假，梦归的思涯。

秋歌三首

其一 七绝·秋风

昨夜秋风琢高木，万蛾千蝶画天图。

寂寞菊花开无处，凝霜寒露化珍珠。

其二 七绝·秋雨

甘霖香露润天地，夜来飞亚何归急。

江南小雨最有情，点滴我心尽淋漓。

其三 七绝·秋人

秋风秋雨秋无心，无情愁满秋人饮。

古来寒士多悲辛，闭目忧思数不尽。

小注

秋风秋雨秋人，意寻鉴湖女侠之遗诗"秋风秋雨愁煞人"
而作，情虽不同，志且相合。

小注

《秋雨》中"飞亚"本为"飞燕"，笔者录入有误，在校对时被编辑发现。然而，"飞亚"一词于今却有特殊含义，故将错就错，保留未改。

七律·秋来也

题记： 正值叶落之季，读郁文之散文《故都的秋》有感。

梧桐一片天下秋，北风万里入明州。

吹尽落叶既叶落，扫却愁心更心愁。

晓得年年绿凋零，知是岁岁红渐稠。

满城悲雨浑身凉，浇罢离人绕肠柔。

✿ 小注

《故都的秋》乃高中语文之延伸阅读，笔者在阅读之中，某处情结与达夫当年写作时相联，因此写下了这首诗。

风魂雨影

楠竹集

雪三首

题记： 前夜突然降雪，校园一片雪白，又忆起去年那两场雪，结合心境，当抒此情！

其一　七律·迎雪

启帘推窗面新晨，举目檐台挂白云。

去年双雪送嘉宾，今旦孤生迎使君。

洋溢天帝射银雕，妩媚仙子斗白裙。

拨得乌朔遮旭阳，留此稀客伴我魂。

小注

"去年双雪"指去年的两场白雪；"旭阳"指初升的太阳，此处的用意是笔者害怕太阳出来会带走眼前的雪景。

其二　七律·赏雪

晨起游园迎东风，浩渺无尽雪皑皑。

万里苍穹银絮飞，千条藤枝白花开。

片片晶莹纷纷下，簇簇剔透滚滚来。

人生未遇此光景，愿将身心相倚栽。

小注

"东风"是指笔者游园时的心情，而非实景。高中时期，笔者尝感怀于"东风"之情，似有"东风不与周郎便"之感，由此常与诗词间引述，下文亦有所涉。

其三　七律·送雪

飞虹五彩春雨后，不知冬雪何处留。

相思相逢须相别，回暖回燕惹回眸。

拂袖送尔寄千魂，挥毫弄墨添万愁。

吾怜吾惜总依旧，盼君归来是年秋。

小注

江南的雪，往往是在一场春雨之后才消失的；雨和雪或许本该如此，相逐又相促，相恋又相惜。

七律·辞白雪君

雨水前夜送冰雪，花柳今晨辞霜寒。

朝露轻敲西楼头，晓雾薄盖东风天。

白舞银舟水中游，红采绿装岸上欢。

不知旧冬何处去，更待新春几时还。

小注

高中时期，笔者酷爱白色，上至帽领，中至衣裤，下至鞋袜，皆多以白色，尝自嘲为白雪君。

七律·风将军歌

题记： 时值台风将临，看屋外景象，有感而书。

披云戴雨握龙刀，驾海乘浪骑碧涛。

千钧顽石吹鼓角，百尺高木卷旗旌。

沙兵遮天堆土丘，尘卒盖地砌山皋。

金城汤池谁阻否，一扫江南任逍遥。

雷雨二首

其一　七绝·四月雷雨

黑云压城城欲摧，强弓别日日无影。

天池斜倒鱼虾飞，长江竖流水浪迸。

其二　七绝·七月雷雨

千钧雷锤破天池，乾坤袋泄风云直。

人间仙水斜飞凤，未临凉台半身湿。

小注

江南之时节，四月为雷雨之始，七月为雷雨之末；两者，雷之形同，而雨之势不同，虽耳目不辨，却有别于其中。

五古·雷雨

火云烧冥布，邪风剪晚幕。

白蛟驱冰凰，赤龙斗焰虎。

三界挂银河，五行绕烟雾。

闪枪卷地灭，光剑飞天舞。

呼来万方雨，喝去千丈瀑。

轰鸣惊九霄，暴烈恫七汝。

江海腾巨浪，山岳折高木。

危檐作废砾，沉舟归鱼腹。

凡间鬼魂泣，中原神灵怒。

彼是逍遥游，人为寂寞物。

小注

　　本诗记录的是笔者当年目睹的一次雷暴天气。"冰凰"和"焰虎"描述的是夏天雷雨伴冰雹的景象。"七汝"即"七女"，传说中的仙女。最后的"彼"则指的是"雷雨"本身。

清平乐·五月五日雨

上　阕

猛雷狂雨，肠开心焦虑。

高楼剪断望眼路，不知君影何去。

下　阕

欲问那畔归处，换得无言无句。

一方晴伞相与，安我思愁念郁。

小注

"一方晴伞相与，安我思愁念郁"此为愿景。笔者作诗词，常以愿景代实景，既有虚指，亦有实指。

七律·观雨

题记：应为盛夏时雨而作。

临窗以观天幕遮，墨云掩彩风号歌。

不倒青松任由催，独立寒石耐空磨。

断肠痴人两行泪，无情暴雨千条河。

春思秋念又三轮，白头可待成婆娑。

小注

此诗以"稚嫩"二字蔽之，所谓，笔法也稚嫩，思窦亦稚嫩，执者更稚嫩。"春思"者，夏也；非夏无以春思。

五绝·**夕阳**

题记： 见红日落于西山，倚栏而望，隔窗畅想，觉己已与夕阳相融，情不知所往而心不知所至。

鹃雯媚香黛，雁云恋金钗。
西山清风遥，我去月潮来。

小注

方是时，正读《红楼梦》，故诗中所含其人名也。鹃者，紫鹃也；雯者，晴雯也；香者，香菱也；黛者，黛玉也；雁者，雪雁也；云者，湘云也；钗者，宝钗也。

五律·雨中景

题记：笔者尝于夏季作诗，一来雷雨繁多而扰灵性，二来假期闲暇而置顾思。

过午偶得凉，忽雷入檐堂。

雨打不老松，风吹常青篁。

曳枝形婆娑，摇叶声徜徉。

圣卷枉自多，此书未闻详。

小注

以末句"圣卷枉自多，此书未闻详"感叹"空谈不如实践"，意为"书中描述再真，皆不如眼前所见"。此雨之景实为古来所未闻也。

晚景二首

其一　五律·晚风

晚风心潮喧，明窗映夕山。

融却幕色中，游离阑干前。

皓衣染绛虹，白袖拂赤天。

几度玉盘碎，丹阳依旧圆。

其二　五律·晚燕

晚燕归巢头，身掠风影柔。

晴羽照绿檐，修尾剪红楼。

坐叹圆月重，行观长廊幽。

游子凭栏问，十五更乡愁。

🌸 小注

"十五"是双关，写诗的时候，笔者是十五岁，而时间是农历二零零四年八月十五日。

律诗两首

其一　五律·思雨

孤独向日花，朝暮守天涯。

千滴落雨丝，无处游人家。

悲泪纷纷下，夕阳缓缓斜。

多情自古伤，种豆却得瓜。

其二　七律·忆雪

十六年前腊月初，遥雪追忆断肠处。

天生一个玲珑女，白羽银絮迎公主。

遍地香草何愁无，花儿绝代芳千古。

此情可笑泪成书，梦里思她千百度。

小注

或曰，"缘巧诗拙"。

动物诗四首

题记：春游之于动物园，同学参加摄影比赛，即兴抒发热爱自然之情，题诗照片之上。

五绝·孔雀

金雀展华翼，银凤炫彩翅。
恰似天仙客，披虹落凡世。

五绝·梅花鹿

棕毛开梅花，黑眸奏神凯。
虽无双角冠，王者亦风采。

五绝·熊

昂首展熊风，并肩扫虎威。
情谊似酒浓，身绒互玄黑。

五绝·猴

互敬融母子，相嬉抱兄弟。
无论风和雨，不分我与你。

🐦 小注

　　宁中每届高二学子春游，必有"两万五千米"长征，即从高教园区徒步至雅戈尔动物园，这四首诗即在回程途中见所摄照片而作。

即景诗三首

其一　七绝·春雨

题记： 学生时，抒愿寄情于雨雪，尝有即兴之作。

知春轻雨落潇潇，一点一滴争窈窕。

催得兰花分外俏，拔地笋竹比人高。

其二　七绝·初霁

题记： 昨晚台风"卡怒"登陆，今晨新气象，有感而作。

柳静草靓贺晴云，风雨过后一点新。

谁家淑女晓来舞，知是迁鸟鸣秋音。

其三　五律·彩霞图

题记： 晚自习时，逢雨后彩霞，有感而作。

春雷乌云聚，夕阳红雾开。

天惊色三变，日落呈五裁。

重重晚霞归，滚滚夜星来。

若是下凡客？拂袖入暮霭。

小注

　　所谓"即景"者，"遇景而发，即时而就"也。此三首并非一日之作，其巧在于"雨"、"霁"、"彩霞"，恰合为一，亦诗亦画。

沁园春·落叶蝴蝶

题记： 此诗灵感来源于落叶与蝴蝶相似之处，笔者曾经见诸两者，皆盛于季节，归于泥凡，故退而思之，何其类也。

上 阕

春意如酒，撒入大地，山河盈杯。

精灵翩翩来，九天起舞，如至如归，

万花齐放，斗俏争艳，至尊香玫。

享尽东风不思予，漫漫飞。

处处留芸芳，心情怒催。

下 阕

何为天下最美？逍遥游，乐红意即肥。

看落叶纷纷，自由自在，风嫁风随，

红泥护花，渐深渐浓，一曲入菲。

莫道总是苦滋味，常抒眉。

落叶化蝴蝶，锦程如雷。

🌿 小注

落叶如蝴蝶，蝴蝶似落叶；落叶者，秋之蹈也；蝴蝶者，春之舞也；只道是，诗歌如青春，青春似诗歌。

落花飞絮

楠竹集

新词·背影

题记：当年笔者有很多诗词皆创作于同学会之后，此便是其中之一，下文亦有所涉。

上　阕

朦胧月下与尔别，沉默相离皆无语，

唯有泪如雨。

珠帘迷蒙处，渐渐远去。

虽不见清秀面容，只闻芬芳随东风，

感觉尤如空。

羞得万里星辰，没长穹。

下　阕

闪烁无了夜更黑，沉醉不消千百杯，

还顾婀娜眉。

浓留飘香味，愈是伤悲。

浑浊才知唇边泪，误识愁酒入断肠，

早已透心膛。

昏眼归路望向，情易伤。

🌀 小注

这是一首离别诗，写在某次同学会之后。新词是笔者不按照某种格律而自设的一种题材。

六言·无题

子夜东风晚铃，长空四望无形。

天河尽头孤星，人间独揽真情。

小注

　　无题的诗词往往是，笔者在听课、读书、做题等时候在草稿纸上的随意涂鸦。待到整理时候，笔者忘记当时的情景，自然不得其意。

长相思·德成景

上 阕

风一陈，雨一陈。

窗前紫微长明灯，暗夜无星辰。

下 阕

思一人，瘦一人。

苦梦归来不见君，情泪可有痕？

小注

德成爱成德，故有此学舌之作，并附纳兰容若之原词。

陈者，述说也。

前一人与后一人非同一人。

长相思

纳兰成德

上　阕

山一程，水一程，

身向榆关那畔行，夜深千帐灯。

下　阕

风一更，雪一更，

聒碎乡心梦不成，故园无此声。

小注

　　纳兰性德，原名成德，未避太子名讳，故而改之，此处笔者用"成德"之名而非"性德"，是为与笔者字"德成"相应也。

烛影摇红·长夜歌

二零零六年七月

上 阕

昨夜良宵，红花绿草一点羞。

明月碧空照水潮，东风过桥舟。

瞧美人半身影，樱唇边，雨滴泉流。

纤纤素手，洁洁皓衣，朦胧心头。

下 阕

三更归梦，清醒何处寻红楼？

石头记中人憔悴，两腮泛悠悠。

纵千金不可求，小轩窗，冷落思愁。

浓浓烈酒，淡淡离别，唱破声喉。

小注

当年看《红楼梦》感觉有很多话要说，于是，年少轻狂的笔者挑了一首字数较多的词牌来表达心意。至今看来，连韵律的平仄都错了，真的是贻笑大方。

七古·长夜歌

二零零六年七月

> 红楼一梦今晨休，记上石头令谁愁。
>
> 清醒此处我独留，可奈内心空悠悠。
>
> 解忧唯饮杜康酒，只怨年少难入喉。
>
> 先哲短歌何为叹，吾辈长夜更悲惆。
>
> 忘却良宵两腮红，莫舍红颜半点羞。
>
> 千金不动美人笑，万古皆羡逍遥游。
>
> 时光恰如东逝水，水浪无情泯风流。
>
> 明月浩穹离别恨，思绪依依绕深秋。

🌿 小注

当年看曹梦阮的书入了迷着了魔，所以两首《长夜歌》里都提到了"红楼"与"石头"的字样。

思远人·窗内外

上　阕

绿叶红烛照春帘，

相望不相见，依依几净边。

夜半斜影，惹两处难眠。

下　阕

晓风宿雨过窗前，

蜡走紫晶碗，瓣落青砖。

红绿消去，留泪痕蹒跚。

🌀 小注

讲述一个关于红和绿相依相存的故事。

七律·路遇不逢

自在行风车如梭，忽闻身后娇莺啼。

像雨像雾更像梦，相见相逢愈相思。

千紫万红惊江北，一心二意望桥西。

声在近侧伊渐远，徒留痴念归来疾。

🌿 小注

笔者在骑车归家途中遇到了心仪的姑娘，徒有思量却没有胆量去打个招呼，回来便有了此作。自评一下，至今看来，此诗略显浅薄。

江城子·腊月初一

上 阕

斜风疏雨腊月寒，空凭栏，思无端。

情义却难，是字里行间。

十年孤坟东坡词，离人愁，夜不眠。

下 阕

触心半曲诗百篇，一六载，藕丝弦。

此意绵绵，燕剪断东南。

天荒地老或可待，若相念，魂牵连。

🌸 小注

东坡悼念亡妻，德成悼念亡情，附苏氏词。

江城子·乙卯正月二十日夜记梦

苏 轼

上 阕

十年生死两茫茫，不思量，自难忘。

千里孤坟，无处话凄凉。

纵使相逢应不识，尘满面，鬓如霜。

下 阕

夜来幽梦忽还乡，小轩窗，正梳妆。

相顾无言，唯有泪千行。

料得年年肠断处，明月夜，短松冈。

五古·离别之晚情

题记：今日故人相聚，访母校，拜恩师，抒旧情，且为学弟学妹上课，情景融融。归来时，一道漫步夕阳。自小学后恐是第一次，不知能否有下一次。

小径东风暖，垂暮西坡还。

行路何漫漫，君在我身边。

问不踏车行，伴君到雍园。

夕阳入远山，却照美人颜。

面比桃花瘦，腰似柳条纤。

春浪袭痴眉，秋波扣思弦。

询君这那般，早就魂茫然。

可惜景翳翳，君影相去玄。

此去一声别，心在锦瑟端。

无端愈相思，相思亦难眠。

云霞映残红，几度断肠年。

深情君知否？泪花飞眼前。

🌀 小注

"锦瑟"、"无端"等句借李商隐诗抒朦胧之情。此诗亦为同学会后所作。

新词·夜雨

题记： 夜雨读《夜雨》，颇有所感，感有所作。

又见声声梧叶秋，总是点点芭蕉愁。

三更过后，都到心头。

夜半惆怅迎千杯，酒入断肠人憔悴，

不知为谁，东风沉醉？

小注

附徐德可之词。

水仙子·夜雨

徐再思

一声梧叶一声秋，一点芭蕉一点愁，

三更归梦三更后。

落灯花，棋未收，

叹新丰孤馆淹留。

枕上十年事，江南二老忧，

都到心头。

一剪梅·无题

上　阕

天地无情泪有情。

沉默伤心，独立寒汀。

将愁浇愁愁更愁[一]，

岸边泣者，苍白如冰。

下　阕

照月之镜姚水[二]清。

何必怀恋，柳暗花明。

不知相思又几许，

春风未来，枝芽交灵[三]。

🐾 小注

一、"将愁浇愁愁更愁"借用了李太白的诗句"借酒浇愁愁更愁"。

二、这首词是笔者在姚水边寄托情怀所作。姚水即姚江，宁波有三江，叫做甬江、姚江、奉化江。姚江是其中之一，也是宁波文明的发祥地，其在下文《家乡曲》中也有提到。

三、"未来"、"交灵"都不是现代汉语的字面意思，读者可有自我理解。

菊

思念两首

题记：笔者喜欢仿写"十六字令"，这种风格也会在其他时期体现。

其一　十六字令·思

思，

入肠缠绵藏梦里。

斜阳西，

此情成追忆。

其二　十六字令·念

念，

风雨不断总是恋。

落叶天，

望尽南飞雁。

　　"此情成追忆"借用李商隐的"此情可待成追忆"之句；"望尽南飞雁"借用毛泽东的"望断南飞雁"之句。

鹊桥仙·忆九月五日梦

二零零六年九月

上 阕

红颜邂逅，剪断离愁，

梦中微吟颖颖。

风过花落泪津津，奈何更添相思病。

下 阕

秋水何饮，夜露无眠，

三更寒沁醉醒。

月半树稀影徘徊，珠江难填心中井。

🌿 小注

"珠江"并非两广之珠江，在此处指泪珠汇成之江水。

友人尝谐曰：为何不是汗珠汇成之江水？

相见欢·正月十八

题记： 既过今日，虚年十八，记之以歌。

残月断风今宵，人儿俏。

竖灯斜影独自醉冷调。

捧心花，照归乡，十八笑。

窗烛江焰交互映泪角。

小注

虚岁是宁波人的传统，它的计算方式是，出生计为一岁，每年正月初一便加一岁，由此推算。

五古·咏竹

题记：笔者在高中时期非常喜欢竹以及竹之所物，也是因此，该本诗集被取名为《楠竹集》。

> 春雨润万物，初笋冒尖尖。
>
> 夏雷惊千般，直钻九霄天。
>
> 秋风扫落叶，青绿却无迁。
>
> 冬雪压枝低，独我昂首观。
>
> 逝者如斯夫，惟有信益坚。
>
> 孤生一次花，恒香在人间。

小注

竹，韧为服，虚为怀，笔者甚爱之。此情此感，下文亦有所及。

文并诗·竹花

题记： 谨以此文此诗感谢两位"一字师"[一]。

倚窗凝视，那一片修竹，带着超凡的气质。她的每一节都象征着美好的品德：是坚韧，那在暴风雨中的坚强不息；是清高，那在沉沉冬雪下的峥峥傲骨；是脱俗，那在摧叶折枝后的高雅姿态。于是在心灵深处有了一种触动，却岂是一句"孤生一次花，恒香在人间"所能吟得？一生只开一次花，多么凄美，多么令人感伤，生命中最绚烂的一刻竟是一曲生命的绝唱！

在世俗的眼中，竹花是不祥的兆头。的确，她是死亡的象征。然而，没有见过竹花却是我的遗憾。我真的想听一听君颜消散时的安魂曲，伴着百尺节骨绝美的舞姿，在夕阳下或是在东风中，和着一把清泪慢慢逝去，远离这喧闹的人间。

竹，你胜过芙蓉的"出淤泥而不染"，因为你的花归隐在一片青翠之中，隔绝着混浊的世界，丝毫沾不上一点淤泥。竹，你赛过牡丹的"抗命不遵"，因为你的花只为自然之灵而开，无论鲜花皇后的仙令将你贬谪到何方，你仅在生命的尽头绽放光彩。竹，你盖过松兰的"君子风度"，因为你的花饱含着精华，却只听从心灵的呼唤，渗透着一股荡气回肠。生，当如竹花般灿烂，死，当如竹花般浪漫。我爱竹，爱那一曲潇湘绝音，爱那一曲娥皇女英。竹花，似曾相识，若非真是《红楼梦》中的林黛玉，花枝般的身姿，花朵般的容颜。清风吹过，飘落的更是她的一缕花魂。雪芹将潇湘馆的满庭斑竹送给了她，那点点的竹斑是清泪呵，还是揉碎了的少女的梦！群芳寿宴掣花签，她为何不是那一朵竹花？恐怕在世俗的眼中根本就没有竹花吧，也就没有了那一支竹花签。

黛玉应当是朵竹花。她很美，美得脱俗，美得高雅，这种美完全出于个性，完全源于心中的情感。我敢说，黛玉的花冢里唯独没有竹花的香魂；我敢想像，黛玉是看着那馆中的竹花而消逝的。看吧，那满园的竹花，飘落在窗前床头，尽情地挥洒着，似一曲生命的挽歌，在空中摇曳着，呼唤着，回荡着……清风拂过，收拾了竹魂的丝缕，编织出最后优柔绕肠的旋律——"宝玉，你好……"——在这一声哀婉里，竹花埋没在爱的泥土中。

这是一个花花世界，春兰秋菊，夏荷冬梅，造物主赐予了她们俏丽的容貌，为的是在花丛中吸引昆虫的目光，博取庸俗者的欢心。拥有了花的美好，也拥有着花的烦恼，这便是自然选择。然而竹，却放弃了这一选择，她选择了放弃，放弃享受花的滋味。她默默地卸下粉饰，换上一身素装，退出了名花的角逐，用片片绿叶将自己隐遁。她生活在清静中，躲过了昆虫的贪婪，避开了庸俗的摧残。于是，她的每一节身段都保持着纯正的修养和风度，这绝非屈尊富贵、卖身荣华者所能比及。她有信念，有梦想，有追求，她只听从自己的灵魂。竹花，只为真情而开，即使是生命的尽头。正如那痴情的黛玉，呼喊出凋谢前的绝美……

　　"林花谢了，太匆匆"，那定是一片竹林，正演绎着生命的终结，短暂却又那么灿烂，那么浪漫。

　　并有竹花诗曰：

　　　　花谢花飞花满天[二]，玉碎香断袖衫湿。

　　　　竹花相逝何烂漫，却是君颜老死时。

　　　　一朝芳魂化碧霄，百年风骨埋青山。

　　　　琼叶泣露脱尘泥，瑶枝啼血归自然。

　　　　天下万般竞荣华，惟有此君独清高。

　　　　竹花开尽更无花[三]，人间徒夸百媚妖。

　　　　娥皇女英四潇湘泪，洒上斑枝见血痕。

风刀霜剑莫摧折，君颜一笑始作春。

自古女儿多悲辛，花开只为虫豸欢[五]。

东船曾闻琵琶声[六]，西墙犹唱芙蓉缘[七]。

不知争春为谁人，空教清泪洗闺愁。

一曲薄命难成吟，红凋绿谢入香丘。

何为苦意迎俗心，落得花冢葬红颜。

莫如孤生一次花，只留恒香在人间。

🌸 小注

一、所谓"一字师"，最早是僧齐己的诗"前村深雪里，昨夜数枝开"被友人郑谷改为"前村深雪里，昨夜一枝开"，由此而来；笔者在诗歌创作的过程中遇到了无数的指点，但有两位来自竹洲岛的友人，她们都只改了一个字，却让笔者受益匪浅，也激发了学习的动力；这首诗一方面是笔者的自我感觉，另一方面也是对她们的感激。

二、整首诗都带着《葬花吟》的烙印，起手一句便直接复制粘贴了"花谢花飞花满天"。

三、写此句的时候，笔者想到的是黄巢的"我花开后百花杀"。

四、"娥皇""女英"相传为帝舜之妻，帝舜死后，姐妹俩抱竹而泣，泪尽而亡，死后即化为"潇湘竹"，因此后世也有很多美女以此自喻清洁。

五、笔者对"红颜薄命"的遭遇多为同情，也同时寄予着对封建礼教毒害妇女的贬斥。

六、"琵琶声"指白居易之《琵琶行》。

七、"芙蓉缘"指贾宝玉之《芙蓉女儿诔》。

母爱乡怀

楠竹集

七古·**家乡曲**

题记： 谨以此诗献给美丽的家乡，愿它的明天更美好！

东海碧涛吐珍珠，南越神龙招额驸^[一]。

人杰地灵汇明州^[二]，海定波宁^[三]开商埠。

钱湖^[四]水泊八万里，河姆渡^[五]津七千载。

四明山^[六]下鼓楼^[七]沿，奉化江^[八]上琴桥外。

贺老乡音^[九]传童谣，范氏故居^[十]闻书香。

雪窦遥守保国寺，天童近护阿育王。

七塔名刹绕烟云，五磊讲寺卧石岗^[十一]。

天封宝塔通天峰，城隍神庙保城皇^[十二]。

春风江口柳絮籁，夏日江岸桃花边。

秋月江心显汤团，冬雪江面兆瑞年。

改革暖风绿六岸，发展明灯红三江。

岁岁樟叶叶愈丰，年年茶蕾蕾更香[十三]。

江东江北真气派，六区五城[十四]好风光。

扬子河口赛龙头，钱塘湾边争领航。

梁祝化蝶舞蹁跹，日月成湖挪乾坤[十五]。

神州大港北仑港，天下名村滕头村[十六]。

大道通途高速路，宽轨远程跨海桥。

内河浅岸变深水，外滩旧装换新袍[十七]。

甬[十八]城笑迎四方客，百姓欢颂盛世歌。

家乡满堂结金玉，为君唱得家乡曲。

小注

一、宁波地处东南沿海，位于中国大陆海岸线中段，长江三角洲南翼，东有舟山群岛为天然屏障，北濒杭州湾，西接绍兴市的嵊州、新昌、上虞，南临三门湾，并与台州的三门和天台相连。

二、宁波原名为"鄞"，唐朝开元二十六年，即公元七三八年，改名为明州。

三、明朝洪武十四年，即公元一三八一年，为避国号讳，朱元璋采纳鄞县单仲友的建议，取"海定则波宁"之意，将明州府改为宁波府。

四、钱湖又称东钱湖，是浙江省著名湖泊之一，曾被誉为"西湖风光，太湖气魄"。

五、河姆渡是距今七千年的早期新石器时代的人类遗址。

六、四明山脉是位于浙江省东部，横跨宁波的西北部。

七、宁波鼓楼始建于唐朝长庆元年，即公元八二一年，是宁波正式置州治、立城市的标志，也是宁波最繁华的地方之一，至今流传着"天封塔，鼓楼沿，东西南北都走遍"的民谣。

八、奉化江是宁波三江之一，琴桥是江上的现代化行桥，因造型酷似竖琴而得名。

九、贺老指贺知章，相传其为宁波人。其诗《回乡偶书》中"乡音无改鬓毛衰"中"乡音"即指宁波方言。

十、范氏故居，即天一阁，是中国现存最早的私家藏书楼，也是亚洲现有最古老的的图书馆和世界最早的三大家族图书馆之一，由明朝范钦主持建造。

十一、七塔寺和五磊寺与上句中的雪窦寺、报国寺、天童寺和阿育王寺都是江南的著名古刹，也是浙江的著名景点。宁波历来是中国的佛教文化圣地，见证着"南朝四百八十寺"的兴与衰。在鼎盛时期，宁波府曾经拥有供奉弥勒的雪窦寺、供奉观音的普济寺以及供奉济公的国庆寺，故而一度被称为"三佛宝地"。

十二、天封塔和城隍庙是宁波市的地标之一。

十三、樟树是宁波的市花，茶花是宁波的市花。

十四、六区是海曙区、江东区、江北区、鄞州区、北仑区和镇海区；五城是余姚市、慈溪市、奉化市、宁海县和象山县。

十五、梁祝公园、日湖公园和月湖公园都是宁波著名的文化景区。

十六、北仑港和滕头村分别代表改革开放之后宁波工业和农业的发展。

十七、高速公路、跨海大桥、内河大修、外滩重建都是宁波最近几年的大工程。

十八、"甬"字是古代大钟的象形字，从周朝开始便是宁波的简称。在鄞和奉两县境内，山的峰峦很像覆钟，故叫甬山，旁边的江就叫甬江，附近的地方就叫甬地。

卜算子·等

题记：《家乡曲》寄出两周，报社无消息，故有此作。

上 阕

千里传锦书，回音去何处。

相忆久觅总难却，

月下花间露。

下 阕

燕子横飞时，春已近晚幕。

落红倾叙思肠苦，

憔悴化泥土。

小注

笔者当年创作《家乡曲》之后，便向报社投稿，但终究没有被录用，写了这首《等》之后，这个"等"还是没有任何结果。

烛影摇红·姚江

题记： 以此词献于母亲河，并寄意抒怀。

上 阕

姚水清清，游子漂泊如扁舟。

思乡时总念江月，痴痴对江喉。

淡水稀释浓愁，醉江水，浪逐心头。

家住江北，身在江东，魂锁江楼。

下 阕

姚滩葱葱，离人飘荡似轻鸥。

分别处再回江边，依依望江流。

浅滩溶解深情，卧江滩，泪满痕沟。

君住江北，我在江东，恋困江洲。

小注

　　姚江是余姚江的简称，又名舜江，宁波三江之一。她是南方新石器文明的发祥地，也是甬城的母亲河，更是笔者的家乡水。

五古·游子吟

题记： 看电视剧《母亲》深有感触，又念己平日离家在校，故咏孟郊《游子吟》以作，颂天下母爱之伟大。

> 蓝蓝康乃馨，深深慈母情。
> 烛白燃发青，光耀满辰星。
> 游子长泪吟，最忆在月明。

小注

电视剧《母亲》指的是公元二零零五年陈小艺主演的电视剧。

苏幕遮·母亲

上 阕

替儿忧，为女愁，佳节难求。

望子腾龙凤，针线密密心悠悠。

一颗期盼，未老鬓先秋。

下 阕

念去去，凭栏楼，君在外头。

送北雁南歌，曲尽天荒水长流。

一滴相思，花落泪方休。

🎐 **小注**

《苏幕遮》是上一首《游子吟》的续曲，当时笔者意犹未尽，故有此作。

现代诗·**爱是什么**

题记：笔者很少写作现代诗，这是鲜有的一首，也是尝试的一首。

爱是那件游子衣，一针一线缝疏密。

爱是那汪故乡水，一点一滴盼君归。

爱是那盏长明灯，一闪一烁照友朋。

爱是那根锦瑟弦，一柱一弦思华年。

爱，是恒心，是真心，

是胸中那颗炽热的心！

小注

爱是孟郊的那一首《游子吟》，又是余光中的那一首《乡愁》，也是纳兰性德的那一首《长相思》，更是李商隐的那一首《锦瑟》。

五古·寒风中慈母送衣

题记： 高中住校，突来寒潮，衣单裤薄。忽闻母亲深夜冒冻而来，送棉袄于我，甚为感动，以歌记之。

西风百木凋，黄叶争萧条。

骨肉透心凉，恨己衣裤薄。

忽闻唤儿声，知母正呼号。

霜冰锁纹皱，露雪顶眉毛。

三更离被褥，千里送棉袍。

温情动肝肠，暖意破晨霄。

虽是隆冬寒，恰似春来潮。

一曲游子泪，放歌悲寸豪。

🌀 小注

在高中时期，笔者离开原生家庭而选择住校，因此时常想念父母，尤其以母亲为重，也写了许多歌咏母亲的诗歌，更以这首五古为代表作品。此诗写作于一个深秋即将入冬的夜晚，气温骤然降低十余度，而笔者仅穿戴单薄的秋衣秋裤。正在夜自习的时候，已经将近九点，母亲却从市区的家中赶到郊区的校园，为笔者送来了保暖衣裤。当时不如现在交通方便，往来至少两个小时，母爱之伟大，由此可见一斑。

虞美人·重游故土

题记：与父重踏故土，瞻仰遗迹古碑，旧地新貌，物是人非，心有所感。

上 阕

故园小径今重游，不见当时楼。

双碑悠然立林间，

顿觉心中泛起五年前。

下 阕

孩童小巷少离别，乡思无眠夜。

落叶归心难忘根，

床头明月照醒梦中人。

🌿 小注

屠家巷位于宁波市甬江北岸，是笔者幼时生活的地方，始建于明朝中期，清朝中期毁于战火，又于清朝后期重建，最终于二十一世纪初期被完全拆除。词中提到的"双碑"分别是记载屠家巷两位屠氏先辈的碑坊，是家族荣誉的象征，也是甬城历史的见证。笔者对于屠家巷有着深厚的感情，最早写诗也是为了表达故土搬迁的难舍之情，这里的"故园""当时楼""孩童小巷"等都是笔者记忆中难忘的事物。

馨园乐塾

楠竹集

七古·春游散记

题记：这首诗记录的是高一时候的绍兴春游。

晓来扣门疑谁是，推窗迎面暖春枝。

此夜绵绵无绝期[一]，终究梦归日出时。

窈窕梦中春游醒，蒙眬眼前忙碌景。

我自跃起两万里，翻箱盖柜动欲静。

已入喧室心始安，大包小包堆如山。

满堂早莺喜春还，叽叽哑哑乐翻天。

东风吹来几叶车，送去千百他乡客。

一路随风过山河，满厢热情载悦色。

光阴匆匆半九时，吾辈来访鲁先生。

故居旧园迎游人，熙熙攘攘踏槛声。

小船毡帽[二]水边流，行人如在画中走。

沿街小摊豆腐臭，再饮一樽绍兴酒。

三味书屋百草园，仿古追昔巧复原。

旧装仍旧却时潮，遗迹处上建新轩。

热血盈腔敬先驱，翘首瞻仰民族魂[三]。

故人黄纸寒烟灭，撒入大地处处春。

春风得意车行急，不到柯岩[四]不停蹄。

相拥而入头顶日，汗流浃背意未移。

扑来满目琳琅石，再品另有别样味。

枕草戴花披芳菲，招来蝴蝶相逐对。

擎天石柱入碧霄，如山大佛[五]坐东皋。

一条幽径通深寺，两旁枝头迎宾鸟。

萦绕金殿香火烟，回荡古刹钟声笑。

拾阶而上莫徘徊，观月台上以舒啸。

囫囵一顿果腹餐，拔腿欲把手印翻。

大圣筋斗过不去，看我少年越此山。

经丘寻壑涉崎岖，骄阳似火汗如雨。

一口饮尽清凉水，化为碧涛热消去。

忽闻泉音耳边来，迈步寻声迫不待。

尽情欢奔畅开怀，落得身后春似海。

远眺白绢舞晴天，近观赤龙出深渊。

感叹人力夺鬼斧，闪光留念争与先。

群峰众山吐绿翠，垂柳纤枝弄溪水。

越女春晓赛西施，景不醉人人自醉。

间憩桥下小湖边，又入浙东名士苑[六]。

领略江南好风情，出来码头泊船见。

小巷尽头入鲁镇，举目周老笔下人。

情随境迁事事异，毕竟不如书中深。

穿镇小河通来往，浑浊归去流水长。

民族魂[七]下形影留，逝者永在常闪光，

半月盼得终归无，一路风尘如是去。

何时重走春游路，来年花开再相聚。

🔖 小注

一、"此夜绵绵无绝期"：引用了白乐天《长恨歌》中的诗句"此恨绵绵无绝期"，但此处虽然只改了一个字，但是写出了笔者一夜未眠的兴奋。

二、"小船毡帽"：这是绍兴的传统特色之一。

三、"民族魂"：鲁迅曾经写过《民族脊梁》一文，后人便在其故居门口印刻了"民族脊梁"四个大字以示纪念。

四、"柯岩"：绍兴著名景区，春游当天，上午参观了鲁迅故居，下午便游览了柯岩，这种春游安排在当时宁波的中小学非常普遍。

五、"如山大佛"：柯岩景区中有一尊用巨石雕刻的大型佛像，也是标志景观之一。

六、"浙东名士苑"：与下文的"鲁镇"一样，都是柯岩景区的一部分。

七、"民族魂"：这里指的是鲁镇中的鲁迅雕像。

五律·春游令

二零零六年三月

阳春二月时，鲜花映旌旗。

脚踏流星步，身披清风衣。

欢歌传九霄，笑语飘万溪。

神龙不见首，长尾触日晞。

🌿 **小注**

高中春游步行去动物园，"旌旗""流行""清风""神龙""长尾"都是形容当时的队伍。

校园景色两则

题记： 在宁中的生活是比较规律的，至今记得，当时作息是早六点至晚十点，夏令冬令各有调整。本诗描述的便是早起晚归的校园景色。

其一　七绝·早起

东方偷闲未明烛，寒灯[一]吹破晨霁雾。

窗外西风移高木，月下孤影三两步。

其二　七绝·晚归

落日披霞西山旁，晚幕乍起眼迷茫。

雾中雨花着衣开，云里钟曲[二]回心肠。

小注

一、"寒灯"描述的是宁中学子熄灯不息人的苦读精神；所谓熄灯不息人，是说宁中有严格的熄灯制度，但很多同学会在熄灯之后依旧做很多事情，比如背单词、看小说、写作业、发短信等，成为住宿制学校的一种特有的"风俗"。

二、"钟曲"描述的是宁波诺丁汉大学的钟声；宁波诺丁汉大学距离宁波中学仅隔着一条河，笔者至今不清楚河的名字，只是将其称为"蓝水河"，这在后面的诗词中也会提到；该校特有的钟声也成为了宁中学习日常生活的一部分。

七古 · 斗牛士之殇

题记：谨以此诗献给宁波中学五零七班篮球队。

六月峰会豪强聚，跃跃欲试谱盛曲。

斗牛之士殇末愈，四年难洗悲情剧。

几度弯弓几折箭，壮胆凌云猎群狼。

气冠韩日列八强，夺杯坚志球中皇。

可怜天地嫉英才，不幸日月妒灵杰。

途遇顽劣东道主，鬼迷心窍裁判邪。

黄牌有意手狂挥，无耻黑哨口乱吹。

明明白白球入框，隐隐约约足越规。

天蒙蒙兮天欲雨，地润润兮地将泣。

海龙腾浪覆银岛，雷公呐喊震金壁。

淡淡泪水腮边流，深深伤痛心中留。

壮胆豪志性忧郁，宝剑神兵色黯忧。

春秋一去不复返，前耻毋忘后世沁。

赛场舞弊众愤愤，战士撒汗聚恨恨。

明主待客一筹胜，贤客敬主三分高。

我心永驻斗牛者，诚愿明朝胜今朝。

小注

　　这首诗背后的故事发生于二零零六年的宁中篮球赛，我班篮球队过关斩将闯入八强，却遇到"黑哨"被迫淘汰。比赛之后，全班愤然，笔者作为其中一员便写下了这首诗。斗牛士是对二零零二年韩日世界杯西班牙队的称呼，当年的西班牙队也因为"黑哨"在八强赛中负于东道主韩国队而无缘晋级。

赴韩日记

题记：二零零六年八月十四日至十九日，宁波中学二十三名师生访问韩国平泽市。笔者亦是访问团员之一，访问期间，每夜必做日记，以录所思所想所见所闻。

其 一

八月十四日作于 GABO HOTEL

当日下午十点至平泽市下榻之旅馆，顾念一日之所行：乘国际航班，游仁川空港，故有诗曰：

五律·素秋

素秋卧白虎，怀土寄乡魂。

万丈飞鸿雁，千里展雄心。

越波水晶晶，穿天雾纷纷。

夕阳化赤龙，送我上青云。

小注

"GABO HOTEL"为访问团下榻之旅馆，不知其汉意，故以字母代之。"素秋卧白虎"是因家乡自古有"秋老虎"一说，形容入秋之后天气依旧炎热之势。"怀土"指国人捻土离别之习俗。"送我上青云"援引自《红楼梦》中宝钗所吟之柳絮词《临江仙》。

其二

八月十五月作于 PARTNER 家中

当夜宿于韩国朋友禹皓植家中，闻虫鸣声声，引游子乡心，枕一片乡思，托美好祝愿：祖国晚安！故乡晚安！父亲母亲晚安！故有诗曰：

七绝·东海

东海西潮望枯眼，凌宵虫鸣夜阑干。
我寄愁心与明月，乡音远过万重山。

小注

"PARTNER"英译为"伙伴"，这里指与笔者结对之友禹皓植同学。

其 三

八月十六日作于 PARTNER 家中

前午至汉城，游昌德宫，沉醉于古刹倩影，陶情于高木幽叶。其虽为韩宫，而受汉化至深，所到之处犹如故乡之园林。然亭台楼阁亦有别格，记忆深刻。故有词云：

卜算子·游昌德宫抒情

上 阕

闰秋醉昌德，东风作霞客。

百朝浮华雨延迁，

落得水涟涟。

下 阕

庭院深几许，宫愁惆何去。

萧墙望月难成吟，

不及故乡亲！

🌸 小注

"昌德"即昌德宫，"霞客"即徐霞客，此处乃笔者自比耳。

下午至清溪川，此川本属自然，汉城崛起，几经污染，几经治理，卒成今日之人工河。然青川碧水，别有风味，不减于昔。诗曰：

五律·汉川

汉川推波堤，青虹化雪碧。

幻影抖千尺，浮云照万里。

春渠落日白，秋瀑飞烟紫。

清泉归江处，宛若仙人泣。

其 四

八月十七日作于 GABO HOTEL

是日访平泽港，隔碧波万里相望故土，看西海大桥，乘观光游轮，乐哉，快哉！故有诗曰：

五绝·潮升

潮升连海平，龙腾吐珠明。

赤浪翻绿水，笑逊北仑星。

小注

诗中之"笑"有些许嘲讽之意。平泽港乃韩国第二大港，韩人自诩其大，以之为傲。然与家乡之北仑港相去甚远，实乃天壤之别，故而笑之。

其五

八月十八日作于 GABO HOTEL

午后参观平泽之国乐堂，体验韩国传统文化。赏古乐，穿韩服，观艺演，深感韩族之精粹。有词云：

采桑子·怀古

上 阕

唐时琵琶李氏箫。

钟鼓萧萧，琴瑟娆娆。

舞装飞裙百千朝。

下 阕

春秋浮华万古潮。

笑也风流，泪也逍遥。

长恨绵情作江涛。

小注

"唐时琵琶"指唐代流入高丽之琵琶，"李氏箫"指李氏王朝所存之箫，此二者皆中华之物。

五古·监考有感

二零零六年六月

题记： 助监高考，身历其境，观师兄师姐赴考之景，想明年此时，有所感而有所发！

> 沾衣桃花露，拂面柳叶风。
> 学子临喧堂，踌躇志满胸。
> 翩翩舞锦鲤，跃跃化苍龙。
> 铃响雷犹鸣，相簇如蜂拥。
> 宝刀千日开，寒窗十年功。
> 下笔若有神，破卷更无声。
> 墨迹点白纸，锐势可摧峰。
> 利剑斩涛浪，快刀开江洪。

壮士何为惧，沙场笑弯弓。

一战定江山，万马齐飞腾。

云消雨初霁，晴霄当碧空。

今年门外客，明朝争先锋。

小注

开篇的"露""风""雷"与结尾的"云""霁"、"晴"相呼应，不仅描写那年六月先"雷"后"晴"的天气，而且烘托高考学子先"急"后"缓"的情绪。

同学会两首

其一　七律·烧烤

夏日炎炎陶公岛，烈火熊熊生肉烤。

心急无奈味半熟，肉非不好时未到。

开遍山野无比娇，伞影之下花犹俏。

待到来年春风归，一朵殷红怀中抱。

其二　七律·唱歌

手中清水误为酒，饮罢此杯难再愁。

声乐苦自唱风流，飞歌一曲几时休。

佳人叹息亦佳音，与尔同醉不避羞。

东风萧萧心畅游，趋向中间莫独留。

小注

陶公岛位于宁波城东，相传是战国时期范蠡和西施相识相知的地方。今次，笔者借景抒情，其意不在烧烤与唱歌，而在思慕之人。

采桑子·高楼抒语

题记： 迁入高三，心力交加，凭栏倚楼，学子抒怀。

上　阕

学子梦寄杏琴楼。

肠断归处，目止尽头。

柳絮相少芳亦休。

下　阕

几多欢娱几多愁?

夜月西照，暮水东流。

白宣墨渍录春秋。

小注

"杏琴楼"即"林杏琴楼",为宁波中学之教学楼;"柳絮相少芳亦休"改自东坡"枝上柳绵吹又少,天涯何处无芳草"之句;"几多愁"改自李后主之《虞美人》,乃古今常用之句。

毕业班之词三首

题记：暑假补课，教室迁至五层，是楼之顶也。此为历来宁中高三学子攻关之地，临高望远，愁学思业，故而有感于景。

其一　清平乐·迁楼

上　阕

绿纱朱帘，却将阁楼迁。

明月江风都不见，

怎奈北燕独还。

下　阕

寻寻觅觅旧卷，冷冷清清新边。

幽灯残烛难眠，梦里半晌偷闲。

其二　卜算子·望天

上　阕

心汗喧热浪，血气迎残阳。

水光接天喷火芒，

云海空茫茫。

下　阕

鸿雁乘大风，巨鲲负盛江。

金星映月润炽壤，

紫薇破天香。

其三　采桑子·竖志

上　阕

风廊雨檐布罗网，

虫微志壮。

不惧艳阳，

细末蛛丝韧愈亢。

下　阕

酸舟苦楫搏涛浪，

逆流而上。

年少轻狂，

春雷乍响题金榜。

🌀 **小注**

　　这三首词描绘的是笔者当年升高三之时心情从"迷茫"到"彷徨"再到"轻狂"的组画。

陋室铭

题记： 这首是笔者早期的诗歌之一，因为《陋室铭》是初中语文课程，所以此作应写于初中时期。

山不厌高，精益求精；

海不厌深，学无止境。

斯是陋室，唯吾德馨。

数笔行纸墨，繁星移天冥。

得胜皆不傲，失败亦无心。

闲时赏乐音，论棋经。

消伏案之疲状，除读书之劳形。

前有古人言，后有来者行，皆疑曰：

何陋之有？

小注

此铭乃仿古托今之作，下附刘禹锡之《陋室铭》。

陋室铭

刘禹锡

山不在高，有仙则名。

水不在深，有龙则灵。

斯是陋室，唯吾德馨。

苔痕上阶绿，草色入帘青。

谈笑有鸿儒，往来无白丁。

可以调素琴，阅金经。

无丝竹之乱耳，无案牍之劳形。

南阳诸葛庐，西蜀子云亭，孔子云：

何陋之有？

书海拾贝

楠竹集

钗黛诗词四首

题记：读毕《红楼梦》，犹怜宝钗与黛玉。宝钗之雅德淑艳博学，黛玉之纯美痴情多才，情所倾之，小学相融，雅情相合，淑美相契，吾美之，羡之，恋之，实为之痴。

其一　七绝·怜颦妃

梦到花冢总忘归，红逝香残芳魂飞。

一曲幽吟湘竹泪，千古谁不感颦妃。

其二　七绝·吟宝钗

绿荫众里扑彩蝶，红颜床头切病根。

世俗不知宝钗情，却把卿作闺阁人。

其三　七绝·感黛钗

梦到蘅芜不思归，心入潇湘总是泪。

芙蓉花开葬花处，风华曾经作憔悴。

其四 菩萨蛮·梦黛钗

上 阕

美人幽帐饮泪酒，才女香醉舞墨休。

士所怜君颜，梦也断红楼。

下 阕

情意相知深，恨不共枕愁。

魂绕明月下，画作痴眉头。

小注

　　高三那年，笔者爱上了《红楼梦》，有两段回忆至今印象深刻。第一段回忆是，那年除夕，全家都在看春节联欢晚会的时候，而笔者却在看八七版《红楼梦》电视剧；第二段回忆是，高考前夕，笔者在图书馆复习，左边是一堆红楼百家杂谈，右边则是一堆教科书与模拟卷。所谓"男儿有泪不轻弹"，可笔者在看书之时，共哭了三次。一次是黛玉葬花，再次是晴雯之死，三次是黛玉之死。总结起来，笔者是"一梦二忆三流泪"。

卜算子·咏牡丹

题记： 图书馆中欣赏《红楼百家言之薛宝钗》有感。

上　阕

一枝牡丹俏，淑艳倾洛阳。

惹来冬梅妒三分，

更压众芬芳。

下　阕

貌不输粉黛，才可比潇湘。

世人莫解闺中恨，

认作冷凝香。

小注

关于黛玉和宝钗更喜欢谁的问题，笔者的回答是，看书之人非宝玉，两者可兼而有之。

题记： 笔者读红楼时，曾自号"红楼花痴"，读之至深至切处，尝废寝而忘食。

上 阕

排空云雁，锦书无绝限。

黄叶白露一水间，望尽离怨。

月晓秋残，风烛雨影续断。

下 阕

梦会蝴蝶，魂绕清远。

问黛玉知否，渡朝暮益乱。

留不住丹心思红颜，缘悭半面。

词末"缘悭半面"是有"典故"的。当年因为《红楼梦》所以交了很多朋友，其中一位宁波二中的诗友填了一首词赠我，便有"缘悭一面"这一句。笔者琢磨半天，才得知此句精妙，在感叹之下，便回信与她，也就是这首《夜读红楼寄怀》。其实，这位诗友便是上文"一字师"中的一位，也是下文所提《幽幽雨巷悠悠情》的作者，笔者对她也是倾慕有佳，虽有书信，但终究"缘悭半面"。说来造化弄人，如今，这位诗友已经成为了一位著名的主持人，笔者在传媒中经常可见，却无当年情怀。她的那首原词也一直被笔者保留着，可惜未经本人许可，故而无法入册刊印。

雨巷寄怀二首

题记：读《竹林》第四期之《悠悠雨巷幽幽情》有感。

其一　再读

悠悠雨巷幽幽情，江南诗愁古往今。

玉人伞影渐深处，斜飞烟华满芳心。

其二　三读

悠悠雨巷幽幽情，江南流水逐烟华。

玉人不知何处去，诗愁飘零到天涯。

小注

《竹林》者，乃宁波二中之月刊也。尝有贤文雅乐，

笔者甚爱之。

散文·等

题记：这篇散文是在一次模拟考试的时候写下来的，仅用四十分钟，并得到满分，笔者当年特别得意，故而摘录下来。

"故国何漫漫,故人何迢迢。花面相映瘦,将军安叫好?"

凄凄凉凉的歌声回荡着，似水柔情，如酒醉心。循着歌声，那是一位站在池边梳洗的人儿。美，池水映出了她的墨眉丹唇，她的俏目粉面，她的柳腰纤腿。她的芳香催开了身边的春花，她的秀容吸引了归来的秋燕。这迷人的季节，却赛不过那一位饱含娇柔的美人儿！

如此绝妙的时候，她却为何抑郁不乐，她是怕她的笑容让一切大地的尤物羞色吗？不，她是在等。等着一份真挚的情感，守着一个崇高的信仰，候着一颗遥远的爱心。她知道，那一天，他会回来，他们会回来，从一位暴君的手中夺回属于自己的东西——土地、尊严、团聚以及永久的自由！为此，她已经等了十年！

十年前，她还是一位天真纯洁的少女。当她走在家乡的街上，就连皱一皱眉头，都会有人为此痴醉，有人模仿。她又何尝没有男子追求？只是她的心中唯独有一位英雄，风流潇洒，智勇双全，这才能够真正配得上她。她与他一见钟情，一位是倾城倾国的美女，一位是救城救国的将军。可是，天意弄人，无情的战争将两颗本该融合的心拆散。为了国家，为了乡亲，为了和平，她毅然踏入了这深深的宫殿，沦为暴君的玩物。可她的灵魂依旧纯洁无瑕，依旧属于他，依旧属于家乡！

　　她面对着这清澈的池水，梳弄着乌黑的秀发，梳落的芬芳，泛起一圈水晕，急得鱼儿争着玩弄，惊跳出水面。想到这一年的艰苦和孤独，她不禁又唱道：

　　春水清清，吴宫深深。我心悠悠，去日茫茫。妾思君切，君在何方？吾念家深，梦绕故乡！

　　泪珠儿晶莹剔透，脸庞儿更加净秀。载着歌声，划过一条凄美的痕……

　　仿佛是歌声的力量，远处传来了排山倒海的回音。烽火连天，鼓声阵阵。"他们回来了！"她顿然醒悟，又一个思想窜上脑海，"他也来了！"她的心揪紧了，这宫墙的背后，就是她苦等的人儿。可是，她又如何地面对？她望着水中自己现在的容颜——美，依旧是美，只是——她已经不是十年前的她了。不，不能见他，举袖舞水，水影荡失，一切都泯灭了，她的等待，她的期待，她的思念，她的爱恋，都消失了！

"范蠡，等不住你了……"

举身赴春池，只为清白心。乱世存真情，红颜多薄命。啊，西施呵……

🐭 **小注**

笔者文采虽好，但并不适合命题写作。高中时期，语文试卷的最后六十分也是沉浮不定，既有本篇《等》和下篇《湘江水逝楚云飞》的潇洒，也有离题、偏道、走形、失心的尴尬。总体而言，败笔较多，佳文难觅。

散文·湘江水逝楚云飞

题记:《高校招生》期刊出了"爱在无声处"的话题作文,笔者应语文老师要求,向期刊投稿,并被录用,也攒了人生的第一笔稿费。

明月悄悄地升起在汨罗江边,映白了一位诗人沧桑的脸。北风呼啸着,卷起他微霜的鬓须,扫落满身奔波的疲惫。一只沙鸥掠过水面,弄碎如镜般的江面,划过一声凄婉的哀号。

一切在平静中凝息,四周音寂,唯有那位诗人忧愁地望着江面。江面如镜,于无声处映出那份对故土真挚的爱!

他,回忆着往事,曾经的左徒,曾经的三间大夫,深得怀王的信任。面对着流言蜚语，他却依然坚持真理，更不愿意随波逐流，始终洁身自好。然而忠言逆耳，挡不住谗臣的诽谤，他身受猜疑，又遭嫉恨，终被楚王流放他乡，漂泊在湘楚的旷野。

无声掩不了真情，平寂盖不住内心的狂涛。他再也忍不住多年的离伤忧思，泪水夺眶而出。也许只有在这种天地孤我的境界中，这位坚强的诗人才能纵情地宣泄，恣意地发挥："惟草木之零落兮，恐美人之迟暮"，他依然牵挂着远方的楚君；"长太息以掩涕兮，哀民生之多艰"，他始终不忘黎民的艰辛生活；"路漫漫其修远兮，吾将上下而求索"，他唱出了自己一生的誓言与追求——这便是他力量的源泉，那一颗爱国爱民之心，支撑着久经风雨的肢体，锻炼了一副铮铮傲骨。

远处狼烟升起，那是都城危急的信号。可怜那颗深爱着故国的流浪的心，却无能为国出力，保疆为民，制敌于沙场，决胜于诸侯。只能在此默默地眺望着，祈祷着战事的扭转，国土的光复。可他看到的却是楚旗的降落，盼来的只是都城的沦陷，留下的仅是理想的毁灭！诗人绝望了，绝望啊，剩下那条东流的汨罗江，剩下一颗无力的爱国心。

明月依旧，湘江依旧，楚云飞逝，故君不在，国土何求？当失意的一切破碎的时候，诗人的归属便只有眼前的汨罗江了，这也是那颗伟大的心的归属。就这样，诗人去寻找他的归属了，他的所有将随江水逝去，他的身体将与江水融合一处，然而不变的是他的爱，是一个崇高的爱，一场壮烈的爱。虽然在无声处消逝，但爱心将被后世铭记。

痛哉，屈原；歌哉，屈原！

小注

此处附上当年阅卷老师的点评，"本文的高明之处表现在立意的大气上。小作者紧紧围绕'爱在无声处'这一话题，不落窠臼，巧妙地借助三闾大夫对祖国无声的爱，来凸现'大爱无言'这一亘古不变的主题。文章意蕴丰厚，语言清丽脱俗，具有浓郁的文化气息。该文拟判分五十六分。"

仿古·**观书有感**

题记：看书之后的即兴之作。

学海何苍苍，书山何巍巍。

我欲比大禹，治海之波涛汹涌。

我欲学公愚，平山之岘峰崎岖。

🌸 **小注**

细观这首诗的章法，颇为杂乱，应该是笔者的早期创作。学生时期的笔者将读书和写诗作为相辅相成的爱好，书以养诗，诗以馈书，形成了较好的习惯，也为今后的写作打下了基础。

五律·为霸王歌

生死魂何惧，水火目无迁。

驰骋沙场上，霹雳战阵前。

骁将百战归，傲骨千劫寒。

人心思壮士，古来天下怜。

小注

此诗本名《无敌》，读《垓下歌》有感而发，并附霸王原诗。

垓下歌

项 羽

力拔山兮气盖世，时不利兮骓不逝。

骓不逝兮可奈何，虞兮虞兮奈若何。

七古·序

江水滚滚潮头东，波壮澜阔不复空。

鲸涛何惧崎而岖，前倾后覆破天穹。

崇山巍巍险峰出，高兀伟丽不落俗。

象岭何畏坎与坷，填沟平壑开通途。

人生莫不如山水，山高水远路迂回。

顺坦未必真英雄，荆棘丛中问是谁。

五古·欧阳勾践

春秋无义战，吴与越亦然。

夫差洗前耻，勾践困于山[一]。

以越尽献吴，以身为其奴。

忍痛送西施，泪眼望欲枯。

俯仰亲难见，度日苦如年。

甲兵弃草野，玄鸦鸣荒田。

黄天不负人，欧阳[二]始归国。

道路漫且长，故主忍怨何？

吴君莫轻狂，越人自当强！

立志卷土来，语出泪千行。

十年生聚难，万姓皆为亲。

日日尝苦胆，夜夜卧寒薪。

岁月替岁月，春秋换春秋。

物物凝精华，潺潺汇大流。

利我甲与盾，锋我戈与矛。

越王曰兴师，与子同衣袍。

文拜种夫子[三]，武仗蠡将军[四]。

三师成虎狼，死士唤风云。

男儿带金钓，随我吞吴州[五]。

不负众所望，必报他年仇。

兵卒雄纠纠，车马鸣惶惶。

一战[六]敌阵溃，再战[七]敌帅亡。

围城[八]破吴都，夫差跪庭门。

射书[九]未得复，自饮千古恨。

忆江南·笔者评

多歧路，人生无坦途。

卧薪尝胆十年余，三千越兵可吞吴。

夫差成亡虏。

五古·司马子长

自古兴冤狱，最惜太史公。

怀懑劝武皇，含恨惨刑宫。

明月静如纸，于长痛欲绝。

殇叹肝肠断，噙泪暗自嗟。

帝王九鼎诏，诏诏刻忠襟。

史书千竹字，字字戮臣心。

伴君如伴虎，逆耳即箴言。

诚然遇漠然，苦口是良丸。

人生多歧路，歧路今安在？

奇雁迎朔风，孤舟闯博海。

家翁留遗志[十]，临终托于子。

编著成史记，传从尧舜始。

拭干两腮泪，君子当自强。

刀笔既有魂，撰文细与详。

愿怀承先父，庙祭敬九泉。

毕生奉所学，竭力倾以全。

寻迹万里行，追故千年梦。

辗转江下游，踟蹰山上峰。

楚霸归本纪，汉枭列世家[十一]。

雄壮恸四方，功业振中华。

白发替青丝，春逝秋相续。

老死墨方休，淡然笑泪去。

世人皆缅怀，贤者亦抒扬。

无韵之离骚，史家之绝唱[十二]！

忆江南·笔者评

多歧路，人生常悲泪。

三世安知功和名，百年方见山与水。

史家封太岁。

小注

一、山，指会稽山，相传越军被吴军打败，勾践被夫
差围困于此。

二、欧阳，越王勾践的姓。

三、种夫子，即文种。

四、蠡将军，即范蠡。

五、吴州，历史上的吴州出现在公元五四九年的侯景之乱，这里指的是吴国。

六、一战，公元前四八二年，吴王夫差赴黄池之会，越王勾践乘机攻吴，吴军南归，越军遂撤。

七、再战，公元前四七八年，吴越决战于笠泽，越军乘夜渡河，以两翼佯攻而破中路，吴军大败。

八、围城，公元前四七五年，越军攻吴，筑城围困吴都，三年之后，城破吴亡，夫差自戕。

九、射书，吴王夫差在被围困时，用箭射出求和的书信，但无一得到回复。

十、家翁留遗志，指的是父亲司马谈在临死前将撰写史记的任务托付给儿子司马迁。

十一、本纪、世家，《史记》中分别记录帝王和诸侯的传记条目。

十二、"史家之绝唱、无韵之离骚"，这两句引用的是鲁迅先生对《史记》的评价。

采桑子·李清照

上 阕

古来怨女为情愁。

才下心头，又上眉头。

昨夜独醉红梦楼。

下 阕

问君知是愁来否？

花落水流，绿肥红瘦。

却道思恋总依旧。

小注

"才下心头，又上眉头"是借李清照词《一剪梅》之句。"绿
肥红瘦"是借李清照词《如梦令》之句。整首诗是彻头彻尾
地仿照之作，却写出了笔者对女词人相距千年之爱慕与崇拜。

怀古诗四首

题记：流金岁月，忆佳人，思佳人。

其一　西施

故国有佳人，笑颦倾红尘。

只为亡奴恨，独唱吴宫深。

其二　昭君

红颜思报国，孤身嫁蹉跎。

眉下含霜泪，此情谁与说。

其三　貂蝉

万夫樽前叹，一女献计来。

至今赞貂蝉，虎牢关自开。

其四　玉环

冤锁长恨歌，萧瑟为王奏。

亡国皆风流，岂止荔枝臭。

🌿 小注

笔者将古代四大美女的悲剧总结起来便是，男人亡国捐西施，男人和亲赠昭君，男人用计奉貂蝉，男人败军献玉环。

七古·醉太白

题记： 古诗为慕诗仙而作。

西米孤酌儿重霄，酒入胸怀江湖小。

翰林堂前纵文赋，金銮殿下吐淑妙。

仙宫乐事何寂寥，盛朝欢歌竞窈窕。

危楼百尺清且高，中原万里壮欲俏。

乘风破浪山海盟，驾雾腾云日月照。

梦里翻坛饮狂涛，不知游子醉多少。

挥笔千钧落狼毫，趾踏昆仑起势蹈。

我为九州恣情意，吟弹古今谱诗藻。

举樽邀玉影无双，俯首弄醉歌长啸。

一心但赴仙人浴，天仰地尊自笑傲。

小注

试问天下诗人，岂有不爱太白者乎？

水调歌头·中秋怀古之苏轼

上 阕

煮酒邀东坡，问君几多愁？

归饮玉宇琼楼，今夕又中秋。

秦汉明月依旧，何为不见子由，

异乡思泪流。

可怜二老忧：吾儿在外头。

下 阕

三更后，风轻柳，梦且休。

仕途未酬，满腔豪情任知州？

斯年贤才难求，他日佳篇自留，

飞将莫封侯。

但愿人长久，唯我心悠悠！

小注

这首词描述的是中秋之夜笔者梦见与苏轼共饮的场景，上阕写的是对亲人家乡的思念，下阕写的是对学业前途的担忧。

满江红·怀古之岳飞

上　阕

大江东去，载不动，忠魂冤愁。

想当年，烽火连天，铁骑封喉。

万里河山今安在，百姓风雨何时休？

睁白眼，西湖歌舞中，楼外楼。

下　阕

慈母愿，壮士梦，家国耻，到心头。

握长缨，收复残破九州。

三千子弟血和汗，十二令牌恨与仇。

莫须有，古亭夕阳下，醉春秋。

小注

　　词末之"醉春秋"，原本为"罪春秋"或"最春秋"，觉得两者皆不通，故而改之。

七律·怀古之元朝

题记：北国茫茫，曾是烽火战场；大江滔滔，多少铁蹄铮铮。元，一不可一世的王朝；铁木真，一代枭雄，弯弓射雕。毕竟东流水，往事皆在史书上翻腾。

大汗一挥鞭，铁骑随风逸。

黑海腾赤浪，白原染红壁。

寒刀饮血笑，枯鬼含冤泣。

尸骨砌万里，野鸦颂伟绩。

小注

写这首诗的时候还有一个小插曲。笔者本想写一首描绘蒙古帝国开疆拓土的怀古诗，结果首联一起，笔者前去如厕，回来之后灵感突转，写成了一首谴责侵略的怀古诗。这个插曲也体现了笔者对元朝功过相交的矛盾心态。

七律·**怀古之曹操**

题记：三国时代，风云人物，吾甚爱孟德。

三国英雄谁，孟德吟酒来。

抽刀凝傲骨，横槊纵诗才。

宝马赛流星，金甲筑雀台。

功过论千古，魂去风流怀。

小注

文能开风骨，武能平诸侯，惟曹孟德也。

沁园春·悼古

上 阕

大江涛尽，成于春秋，败却风雨。

吟长歌一曲，回转千古；

萧瑟幽怨，悲泪无数。

兵戈盾甲，狂挥乱舞，

塞外漠上俯泣虏。

华夏魂，芳草碧连天，黄沙玄土。

下 阕

谁主沧桑沉浮，

北国神殿，南朝王府。

恨帝胄鄙愚，东征西武；

巾帼须眉，不归乡故。

可怜寡母，残羹冷箸，

白发银鬓祭迟暮。

往如斯，来者当惜福，时非我与。

🐛 小注

　　笔者读古思古，有时怀古，寄托怀念；有时悼古，抒发悼思。以今言之，"古代的中华帝国，既有繁华，也有沉沦；既有值得学习的地方，也有需要摒弃的地方"，此所谓"辩证"二字也。

碎梦琐事

楠竹集

卜算子·哀志男

题记： 以此诗悼亡友徐志男。

其 一

上 阕

吾当忆志男，相见时何欢。

遥念当年同窗情，

相别时更难。

下 阕

纸笔今犹在，人去不复还。

独把泪酒空对月，

问尔去那边？

小注

这首悼亡诗的主角是笔者小学时期的好友，他与笔者相识在小学六年级，在短短的一年当中，两人由于兴趣相投而结为至交。

其　二

上　阕

吾当惜志男，路短人难全。

数却青丝十五载，

英雄出少年。

下　阕

壮歌肝胆曲，飞拨春秋弦。

不愁苍天妒好汉，

却笑鬼门关。

小注

　　公元二零零三年春，昔日的好友因病辞世，年仅十五岁。在临终之时，他依旧顽强地与病魔抗争，并不断劝慰父母，那一句"我明天就会好的"至今仍令笔者感佩之极。

其　三

上　阕

吾当思志男，一去断今缘。

无奈且将往昔留，

但凭梦中颜。

下　阕

欲念泪何休，心伤义长连。

来世与卿叙离愁，

芳馨存此间。

小注

对于好友的死讯，笔者是在数月之后才得知的。那个时候的笔者悲痛欲绝，于是一口气写下了这三首悼念之词，以此寄托对亡友的深情。

后记

需要补充的是，高中时期，纪老师将笔者诸多诗歌放在了他的网页之上，包括这首《卜算子》。之后，两位志男的生前好友朱慧和周雯找到了笔者，并希望笔者带她们前往拜祭志男。那年，我们再次前往宁海，也是在这个过程中，笔者发现朱、周二人对诗词也颇有兴趣，由此便成为了好友。

西江月·宁海行有感

题记：此去宁海，祭奠亡友志男归来，故有感而作。

上　阕

故人驾鹤已去，留我独倚此楼。

望尽大江东入海，

怎奈内心空悠。

下　阕

山水如诗如画，生死有喜有愁。

秋月春风歌一曲，

知己之交难求。

公元二零零四年夏，几位小学好友聚在一起，前往宁海祭奠昔日的伙伴徐志男。在旅途中，大家听说志男的母亲又怀上了孩子，笔者因此百感交集，回来之后便写下此诗。

如梦令·续宁海行

明月与卿不归，相别何时再会。

把心问青天，

谁人与我同醉？

同醉，同醉，

共度此生今岁。

🌿 **小注**

这首《如梦令》是对《西江月》的延续，笔者此时的心情已经不完全是哀伤，而是借着悼亡来抒发知己难求的孤独感。

七律·艾滋日泣歌

题记：谨以此诗献给那些与病魔斗争的人们。

祸起二十四年前，转眼亡灵逾百万。

滔滔文明空自诩，区区小虫敢发难。

有心消灾时事艰，无计除病思绪乱。

一朝一夕艾滋日，远处魂寂心弦颤。

小注

此诗的写作时间为公元二零零五年十二月一日，即世界艾滋病日。笔者是在观看一部艾滋病相关的纪录片之后有感而发并写下此诗。

七古·七月七日忆国耻

二零零七年七月

题记：犯我中华者，虽远必诛。

人居屋中夏令暖，难闻窗外弥硝烟。

曾经煞日罪旗展，回首一去七十年。

卢沟枪声惊耳畔，春秋八度烽火天。

黄河咆哮长城怒，怒发冲冠昆仑山。

九千铁蹄踏塞北，卅万白骨埋江南。

锦绣家国无净土，百姓伏尸阡陌间。

当念纵横民族泪，毋忘狰狞倭寇颜。

西风飞卷吹不散，心头血耻明朝宣。

小注

　　抗战爆发七十周年，笔者慷慨之至，以笔成剑，以明其志。

望江南·午休时得雨

二零零四年九月

题记： 今日正值九一八事变七十三年纪念，难忘国耻，触景伤情。

千行雨，
眉下两滴泪。
一滴悲秋风雪吹，
一滴寒心愁怨醉。
尽染棉花被。

小注

作为学生时代的优秀共青团员，从小便是爱国主义的典范，每当国耻纪念日，笔者都会有感而发，因此，这类抗战题材的诗歌也并不少见。

五古·河那边

题记：在校园的一旁，有一条美丽的河，载着欢与愁流向远方。河那边，是无尽的秋色，一片红花，更是无尽的相思。

静静蓝水河，与我只窗隔。

东风寄彼岸，秋色逐平波。

舞香遍地红，过桥一曲歌。

遥望不相及，待到是几何？

小注

诗中的蓝水河位于宁波中学与宁波诺丁汉大学之间，笔者至今不知道它的名字。

蝶恋花·神舟

二零零五年十月

题记：神六升天以闻，举国欢腾，又恰逢神五发射两周年，有感而作。

上 阕

亿兆炎黄心悠悠，

浩宇瀚天，

岂可无神舟。

朝朝苦待难启首，岁岁奋思终举头。

下 阕

去年明珠犹记否？

今亦中秋，

参斗竞风流。

千载长梦忆成就，万里太空任遨游。

小注

　　公元二零零五年十月十二日九时，神舟六号飞船发射成功。这是我国第二艘载人飞船，对于世界和国家都有着重大的积极意义，而对于正直年少的笔者也有着深远的正面影响。

天净沙·夜起看球

题记： 怀念少年时代，夜起看球的日子。

好梦催人早睡，

好球令人心醉。

莫惜时间宝贵，

豪门盛会，

共度良宵今岁。

小注

这首词记述的是，二零零四年欧洲杯决赛期间，笔者熬夜看球的经历。词中提到的豪门盛会是当时央视体育频道关于欧洲杯的特别节目。

古辞·爱心赋

题记·丙戌年乙未月戊申日，即公元二零零六年七月二十八日，暑期之义卖活动，心有所得，感动之余，仿古辞以记之。

披甬城之晨光兮，

照暖意遍之于三江。

戴吉祥之衫领^[一]兮，

传爱心晓之于万姓。

顶烈日兮奔闹区，迎东风兮走街市。

飘飘然兮捧箱^[二]飞声于天一，

悠悠然兮载报快步于南苑。

游人笑兮抛金入箱，

观客悦兮撒银解囊；

女子^[三]慷兮宽香袋以资助，

男士慨兮开皮包而救扶；

老者欣兮掏钱币亦投赞许，

幼童喜兮抚标识[四]并示爱慕。

点滴之露兮，酿玉酒琼浆；

颗粒之麦兮，烹美食佳肴。

聚大家精华兮，寄丰德于千里之外；

集小康余资兮，送洪恩于四海之内。

龙飞凤舞兮，唱盛世之歌；

志诚信善兮，铺爱心之路。

愿九州同庆兮，天地共欢颜；

望三江汇流兮，岸汀皆繁华。

汗流泪淌兮感赤胆与豪情；

微才薄学兮抒慷慨以记之。

小注

一、吉祥之衫领袖，指活动统一的服装。下文中提到的"标识"也是统一的，详见小注。

二、箱，指捐款的爱心箱，下文亦有多处提到。

三、女子，这里有一个故事，一位东北女子迷了路，她向我问路，我向她募捐，最后她笑了笑说，大家都在做好事，大家都是活雷锋。

四、标识，指志愿者统一的吉祥物标识，依旧记得吉祥物是一只可爱的小狗，名叫"小D"。

七绝·**牌**

题记：夏日，某化妆品店，制服君与报童。制服君曰："在此何为？"报童答曰："卖报义捐！"制服君喝曰："商场拒捐，别处自便。"呜呼！富不济穷，谁可为之？作诗抒愤曰：

天一生水画格方，
梅花开处断人肠。
红心随欲化粪去，
便结黑桃上女妆。

小注

在卖报义捐的过程中，笔者也曾遇到不通情理之人，这首诗就是继《爱心赋》而写的，抒发了笔者对那些为富不仁者的愤慨。

小令两首

其一 五绝·闺阁情

泪比露水多,脸似花枝瘦。

对镜照星月,弄妆数春豆。

其二 五绝·元宵节

游子叹佳节,异处吟伤别。

举头追雄月,难消思肠结。

小注

    两首诗都是元宵夜宿校时所作,第一首写虚,第二首
写实,都是相思而已!

五绝·祭鸟诗

题记： 与好友共读于鄞州图书馆。有鸟困于馆中沙龙，不闻其声而见其惨状——欲高飞而不能，欲举翔而受束。吾求救于馆长，其虽应诺而未果，离馆时仍见鸟之所困。吾欲舍身救鸟，却遭好友相劝，思之死后情景，不觉呜然于胸，故诗曰：

> 吾辈尽力矣，斯鸟命薄然。
>
> 愿汝化碧云，托体与翠山。

后记

次日，重返前者所困之地，鸟已去矣，不见其影，寻思其必得自由，心自然而不悔先时所作，并感馆长之盛德。

小注

这首诗记叙了笔者在图书馆遇到的情景。起先以为这只困鸟已经死了，所以写下此诗，但第二天再去，却发现小鸟并没有死，而是被馆长救助获得自由。其中，"托体与翠山"援引自淘渊明之诗"托体同山阿"一句。

五绝·踏车于河岸

题记：夏日，骑车驶入"欢乐精品园"，怡然于河岸之景，抒之以缓学习之负担。

荫荫绿柳堤，轻轻黄莺啼。

星动河水静，风吹暮烟依。

小注

高中时期，欢乐精品园是宁波一处住宅社区，也是笔者周末家教补习之地，因其风景别致而出名。

古辞·雷雨夜之龙女出嫁

题记： 夏日傍晚，突降雷雨，其势夺人，惊煞万物。忽发灵感，比之以龙女出闺，远嫁他处，却舍心爱之人。两情相悦，而拆散之，古今所共悲。寄之以情，述之以诗，愿天下有情人终成眷属。

第一章

乌鲤裨将，力卷云帘。

青鳗副相，气吞波澜。

虾卒列阵，蟹兵排连。

泾水垂地，渭河接天。

玄明紫暗，混浊一片。

锣鼓惊魂，喧嚣人间。

蛟腾穹宇，龙飞霄渊。

滂沱潇洒，涛浪溅涟。

第二章

花轿彩礼，银凤金鸾。

靓衣盛服，红妆蓝鬓。

边歌边舞，载笑载言。

浩浩荡荡，续续延延。

轿中何人？拂袖泣颜。

龙女出阁，泪裳蹒跚。

驸马安在，所嫁非欢。

华盖锦套，思欲阑珊。

第三章

落木萧萧，枯叶绵绵。

繁花争谢，满月成斑。

寒风吹寒，残阳照残。

憔悴玉肌，寂寞珠帘。

尔若有意，喷火吐烟。

东海晶枪，北冥碧剑。

开我束锁，解我缚线。

比翼齐飞，逍遥缠绵。

第四章

故人难忘，佳梦易怜。

青发白掩，朝丝暮悬。

路途漫漫，行驰姗姗。

水路八百，其渡经年。

龙女之泪，倾泻万千。

忉肠惊魂，溢泽灌田。

四海覆底，五岳撼巅。

雨点成瀑，雨水盈渊。

第五章

血泪一滴，化作杜鹃。

衔我闺怒，悲啼林间。

血泪二滴，化作锦鸳。

寄我爱悯，投君心间。

血泪三滴，化作鸿鹓。

附我魂灵，翱翔云间。

六月雷雨，突降江南。

举目顾返，神龙飞仙。

🌀 小注

龙女所嫁非所缘，点滴情泪感坤乾；若有郎君真相与，人间何必雷雨天。

七绝·放鞭炮

二零零五年二月

其 一

迎春新鸡送归猴，烟花雨朵缀满楼。

钟声一响旧年过，闭门彩礼夜巡游。

其 二

礼乐鼓器扣心肠，梅兰竹菊齐开放。

金枝玉叶夜空上，美人欢颜更难忘。

小注

自古民间留有关门炮与开门炮之习俗，温州现存《民俗月会竹枝词》，其有"开门炮响喜双声，万户更新春节迎"之句。

古诗·情殇

题记： 古诗组为情咏，并寄吾怀。

其一，男主角对空抒怀：

七绝·望夜有感

遥看长空万里星，月下云中自由行。

急使天公顿觉醒，感知牛郎孤落情。

其二，男女主角离别时分互歌：

七绝·雨夜离别

曾经沧海难为水，一叶孤舟两头开。

劝君莫流飞天泪，泪触情伤雨又来。

其三，男主角离别后梦思：

七绝·梦中相思

出水芙蓉立巷头，从此梦中唱风流。

东风一曲化作酒，满樽相思难入喉。

其四，男主角思雨夜离别之景：

七绝·雨夜续曲

窗外只是起细丝，胸中岂止落狂雨。

君幼孤子另寻欢，一十二年谱单曲。

其五，女主角欲嫁他人时之叹息：

七绝·嫁错新郎

柳面桃粉梳新装，张灯结彩轿难上。

回头不见梦中郎，一曲相思遮颜唱。

✿ 小注

这五首诗本来是分开写成的，后来笔者在整理的时候突发奇想，将其汇编为一个完整的故事，描述了一对古代恋人从相爱相思再到相离相别的情景。

七古·神话

题记：古人云，两情若是久长时，又岂在朝朝暮暮；今观电影《神话》有感。

东风卷席雨幕天，西都[一]往事启心帘。

幽转画轴睡美人，不知沧海已桑田。

沉香扑鼻隐约来，秀容夺目渐逐还。

碧水芙蓉舒长卷，梦中秦妃[二]半朱颜。

英雄[三]浩气今犹存，乌骓[四]不逝青龙幡。

孤胆持枪扫军蚁，徒手束甲砌尸峦。

劫余救得玉漱归，悦耳知音醉陶然。

跋山涉水越城池，卿舞君威入金銮。

强秦[二]世弱亡时，赵李[五]诛伐夺皇权。

灵药[六]妙物成罪魁，悍将精骑化泥丸。

策马驾车战沙场，万夫难敌一人关。

豪情满腔献魂魄，碧血长空祭轩辕。

秦陵秘宫[七]幽且深，义女忠士[八]轻如仙。

痴守枯墓盼情郎，青衣素妆祈神丹。

岁月如逝江如泣，风华依旧色依怜。

将军寻梦破深潭，故人相识心却寒。

子非我愿[九]思肠断，凤凰与飞舞涅磐。

一夜神话终成空，多少苦恨山水间。

小注

一、西都，即秦都咸阳，今西安之所在；

二、秦妃，即玉漱公主，又名丽妃，片中由金喜善所饰，虚构之角色；

三、英雄，即蒙毅将军，片中由成龙所饰，史上确有其人，详见《史记·卷八十八·蒙恬列传第二十八》；

四、乌骓，片中蒙毅之坐骑，名曰黑风；

五、赵李，即赵高与李斯；

六、灵药，传说之仙丹，食之可长生不老；

七、秘宫，即秦始皇之陵墓，历来传说诸多，至今仍是史学之谜；

八、忠士，即南宫彦，片中为蒙毅之副将，虚构之角色；

九、我愿，片中丽妃所爱之人为秦朝之大将军，而非现代之寻宝人。

新词两首

题记： 观影视剧《大唐歌飞》有感而作。

其一

观古装，叹大唐。

始盛旺，终败亡。

若无安史之乱事，

自有风流休帝王。

其二

千里域，万里疆。

易别离，难相望。

天公不与英雄便，

深宫只得佳人躺。

其三

历史事，当自警。

驾长车，奋争上。

情仇晴愁心无忧，

涌进勇竞势不挡。

小注

第一首诗是怀古，第二首诗是抒情，第三首诗是警世。

七古·忆七月二十四日同学会

题记：七月二十四日，雨，与同学聚于天一。

黄梅时节雨，和风送君去。

彩蝶迎暖季，梦中人又聚。

妆胜金丝衣，脸似河田玉。

歌如子规啼，舞比下凡女。

抚手弄发髻，回眸吐雅语。

翩然摆娇姿，起身落凤羽。

千年不足惜，思却石头绿。

若可相伴汝，何妒董郎欤！

🐦 小注

七月二十五日，晴，忆而吟成。

五绝·李子山挑扁担偶成

题记：盛夏，游于李子山，挑空扁担而洋相百出，写诗记之，自嘲吾辈娇生惯养而缺乏劳动经验。

扁担重如山，十步一蹒跚。
醉似不倒翁，离地三尺三。

小注

李子山位于浙江省嵊州市境内，笔者父亲之友种李子于此，故而得名。

虞美人·雨之节

题记： 七年七月七日，雨之节，情人节。

上 阕

一年一度七夕夜，

斗思诗如雪。

我寄愁魂许与天，

天公感泪抖擞雨连篇。

下 阕

轻念秀容桃花红，

回首既成空。

但愿此梦不须归，

明月樽前独醉三百杯。

🔖 小注

　　作为青春萌动的一份子，笔者经常在七夕节的时候进行创作，那个季节正好是暑假，也给予了充分思考和思恋的闲暇。

五绝·雨之节续作

题记：花与她，当年是妄念，今朝是虚指。

芳草满天下，心中一枝花。

我愿化春泥，佳节倍思她。

✿ 小注

七夕节，对于笔者而言，不仅是情感的节日，而且是灵感的节日，一首不够再来一首。

念奴娇·旧照片偶成

　　题记：偶然，翻开旧时的照片，往事都涌向心间；更有那一张难忘的笑脸，总是在梦里辗转。

上　阕

夜静灯幽，心弦扣，

故人往事执守。

风姿依如，曾记否，

飞草乱花折柳。

歌声荡荡，诗文朗朗，

少卿常念旧。

春秋几度，默默相纸生皱。

下　阕

逝者流水年华，

君颜自难忘，雁过青瘦。

思雨缠绵，泪蹁跹，

童音绕转长久。

暮暮朝朝，巧笑今犹在，

归梦回首。

一曲断肠，总是最忆时候。

小注

笔者之灵感由旧照片而始，童年之事，故人之情，历历在目，此诗就此而发。

七律·游上海

题记：高中暑假，与兄游于上海，归来有感而作。

千里追日车相逐，东方未白直奔沪。

龙宫探宝与鲨戏，虎山寻趣见熊怒。

明珠塔里望明珠，黄浦江上游黄浦。

一去昼夜涉远足，景秀魂醉归原处。

小注

犹记得归途之中，与兄谈及时下流行之映画，笔者推荐徐克之《七剑》，据此可考，本诗写于电影放映之时，即二零零五年七月之末。

虞美人·游五磊山

题记： 昨日与父同游五磊山，失落中借歌以抒情。以景为心，对景吐情。山中景色如春，打开心扉，放入心间。

上 阕

竹青草绿锁碧天，

过目云如烟。

五峰擎柱路回肠，

江水弃我沉醉卧春床。

下 阕

千年无晴磐似玉，

双鱼垂孤雨。

何处卓凰觅卿凤，

又是离别昨夜泪剪梦。

五磊山位于浙江省宁波市，由内五峰和外五峰组成，俯瞰犹如盛开之莲花。三国东吴赤乌年间，孙权之母吴国太资助古印度高僧那罗延筹建五磊讲寺，为浙东名刹，距今已有一千七百余年。五磊山区环境清幽，风光宜人，别名"小庐山"。自古以来，寂幻、太虚、谛闲、弘一等法师皆游于此，更有唐代书法大家虞世南故居，可谓人杰地灵、山清水秀。

七律·游普陀

题记： 公元二零零六年七月中旬，韩国交流团访问宁波，与友人共游普陀山。正值酷夏严暑，抒心迹于普陀山某饭店。

海天出佛国，雪涛送潮平。
锦鲤跃玉池，紫竹藏冬青。
拂手弄桃花，举目望晨星。
风也不解暑，日照烟香清。

小注

这首诗与前文的韩国组诗是同年所作。当时，韩国交流团先行访问了宁波，并参观和游览了周边的众多名胜，普陀山便是其中之一。之后，再由宁中学子组团回访韩国平泽。随附郁达夫之作。

游普陀

郁 文

山谷幽深杖策寻，归来日色已西沉。

雪涛怒击玲珑石，洗尽人间丝竹音。

七绝·千丈崖诗

二零零六年八月十三日

题记: 仲夏,重游千丈崖,即景而作,倚情而抒,故为诗。

> 千丈崖上听梵音[一],
> 将军楠[二]下采蜜桃[三]。
> 晴空闲鹤鸣山湫[四],
> 江心一片入碧霄。

小注

一、听梵音:相传雪窦寺有一小僧生性贪玩,常虐虫草。一日,其师斥之于千丈崖之上,以佛法明之,怒曰:"汝杀生不忍,若改之则善。否则,请坠崖以谢佛。"恰有市井屠夫巧然听之,其念平生屠猪无数而其罪无赦,顿悟后羞愧不已，曰："愿以代之。"遂纵跃崖间，其身坠于半腰，便有仙鹤飘然而至，负屠夫西去。此即古语"放下屠刀，立地成佛"之源说。

二、将军楠：千丈崖边建有雪窦古刹，相传为弥勒道场，其间有张学良将军幽禁时手植之楠树，历经七十余年，至今依旧挺拔。

三、采蜜桃：奉化自古盛产水蜜桃，闻名江浙。

四、鸣山湫：听闻"成佛"之说，恰逢山涧鸟鸣，误以为仙鹤将至，故而此说。

杂感随想

楠竹集

蝶恋花·叙愁

上 阕

细水潺流入大江，

叶枯花黄，朝阳变夕阳。

青莲白发三千丈，

德成缘愁似个长。

下 阕

小乔乘风嫁周郎，

一曲月光，寸弦断寸肠。

天涯再添沦落人，

泪眼迷茫心清凉。

小注

青莲是诗仙的号，德成是笔者的字。

七律·**我**

碧剑破长天，宝扇笑少年。

白鹤街朱丹，赤凤吐紫烟。

美玉开雅兰，鸿羽流甘泉。

傲梅艳人间，锦鲤赛龙船。

小注

当年笔者申请加入宁波中学文学社，要求提交自我介绍，于是写了这首诗。

七古·东风破

题记： 酷爱《东风破》，词曲之华美，遂改歌词为诗。

盏孤愁吊形首，我与子影立危楼。

玉圆星移夜无眠，故地吟留望重游。

醉半清醒对烛火，弱辉残照述可忧。

一壶漂泊难入喉，酒暖追忆思念修。

天涯浪迹流年逝，江水迟暮寄独舟。

春花开谢意何在，归来伶仃却晚秋。

一曲琵琶东风破，墙角岁月度空悠。

孩提垣下尝欢歌，今朝苦待竟回眸。

琴声幽然伤断肠，青梅竹马见心头。

一曲琵琶东风破，细雨斜飞三更稠。

往事随枫相染红，古道长亭芳草洲。

离时惊鸿别处鸥，情似弯弓怨如钩。

笔者也曾是少男少女的一员，周杰伦等歌星以及他们的歌曲不仅是时代的烙印，而且是年岁的记忆。笔者特别喜爱他的中国风，《东风破》只是歌词改古词的其中一首。并附《东风破》之原词。

东风破

方文山

一盏离愁，孤单伫立在窗口；

我在门后，假装你人还没走；

旧地如重游，月圆更寂寞；

夜半清醒的烛火，不忍苛责我。

一壶漂泊，浪迹天涯难入喉；

你走之后，酒暖回忆思念瘦；

水向东流，时间怎么偷；

花开就一次成熟，我却错过。

谁在用琵琶弹奏，一曲东风破；

岁月在墙上剥落，看见小时候。

犹记得那年我们都还很年幼；

而如今琴声幽幽，

我的等候，你没听过。

谁在用琵琶弹奏，一曲东风破；

枫叶将故事染色，结局我看透；

篱笆外的古道我牵着你走过，

荒烟蔓草的年头，

就连分手，都很沉默。

七律·雾中偶成

题记： 天起雾，窗起雾，眼起雾，心起雾，迷迷茫茫团雾。雾中不知处，留我孤独。

九年一羹汤[一]，今宵成奢狂。

大雾锁楼台，长空蔽月光[二]。

读书声朗朗[三]，念汝心茫茫。

不见去时人[四]，青发惹苍黄。

后记：

孩提的青涩，就像雾一般，朦朦胧胧的感觉，却又无法消散。

❀小注

一、"九年"，与其他作品不同，在此处是实指，真有斯久。

二、"楼台""月光"，道出了写作的地点和时间，据此推断应该是在教学楼上晚自习。

三、"读书声"，笔者正好遇到了这样的场景，部分班级会在晚自习时进行集体朗诵。

四、"去时人"，本来为"去年人"，此处也是实指，真有其人。

五古·观夜灯述惆怅

题记：一人，一夜，一灯，一腔惆怅。

夜生惆怅灯，惆怅随夜生。

朔风对独影，昏暮探孤情。

昨日秋来已，落红满故城。

故城有佳人，三笑锁魂灵。

卿意怀闺思，怨潮连海平。

君郎非属我，少年梦如霆！

可怜痴情死，空待芳草兴。

何处觅春泥，护花亦飘零。

天妒乱山愁，愁也润无声。

泪动伤心启，肠断残魄横。

初恋归伤残，秋去冬欲行。

几经朱颜改，谁将识德成。

🐚 **小注**

在一次写作业的时候，笔者看着台灯而陷入了沉思，内心的感觉凝聚在一起，便有了这首诗。

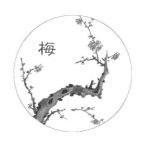

五古·静夜思

题记： 仿太白《静夜思》之作。

夜深人未静，天沉灯欲浓。

卧书倚思台，伏笔临意空。

但愿早入梦，浸沐读写中。

小注

并附李太白之《静夜思》原诗。

其一　明代版本

床前明月光，疑是地上霜。

举头望明月，低头思故乡。

其二　宋代版本

床前看月光，疑是地上霜。

抬头望山月，低头思故乡。

七古·**狼**

题记： 寒夜，一声长啸划破了天际的宁静，震撼着大地的生灵，那是一个精灵的愁唤。

寒凝大地万里霜，冰封乱河九曲江。

飞雪连天草木折，漠原一片皆苍茫。

孤影独形汇群灵，暗夜明月悲号长。

冷目四射绿荧光，热血周披灰绒装。

信步漫游野迹荒，举首环啸猎头昂。

锐靡所至应无敌，龇牙笑问谁为王！

王者却也满惆怅，惆怅归处即心伤。

伫立云巅刺骨风，数不尽兮短松冈。

俯瞰众峰迎面雨，道不清兮思故乡。

寂寞抒情回天荡，愁入寸肠胜断肠。

一曲响穷惊四方，四方音绝达仙堂。

声随浪尖层层高，心从冰谷点点强。

纵横林海八百域，驰骋雪原三千疆。

傲气难驯志畅扬，莫为失落扫轻狂。

我生何必不得意，豪情难却威未央。

腾虚御空重霄上，化作西北小天狼。

小注

　　笔者以为此作特点有三。其一，引狼入诗，以狼明志，化狼为痴；其二，高考学子圈养于学舍，羊性泛滥，此诗是对残留狼性之呼唤；其三，诗中之语多引自东坡名言，如"短松冈"、"思故乡"、"小天狼"等。

七律·回文诗

题记： 读书之时偶遇回文诗，趣味盎然，故仿作之。

顺读：半醉

星倚月下云，雨滴心来归。

轻轻又凄凄，依依何微微。

情怯水落花，梦断花流水。

青袖沾芳香，枯眼望雁飞。

倒读：半醒

飞雁望眼枯，香芳沾袖青。

水流花断梦，花落水怯情。

微微何依依，凄凄又轻轻。

归来心滴雨，云下月倚星。

回文诗是较为有趣的现象，即一首诗顺读和倒读皆可，有时候表达相同意思，有时候表达相反意思。并附宋代李禺之回文诗《两相思》。

两相思

李 禺

顺读·思妻诗

枯眼望遥山隔水，往来曾见几心知？

壶空怕酌一杯酒，笔下难成和韵诗。

途路阻人离别久，讯音无雁寄回迟。

孤灯夜守长寥寂，夫忆妻兮父忆儿。

倒读·思夫诗

儿忆父兮妻忆夫，寂寥长守夜灯孤。

迟回寄雁无音讯，久别离人阻路途。

诗韵和成难下笔，酒杯一酌怕空壶。

知心几见曾往来，水隔山遥望眼枯。

七古·心境

题记：境由情出或情以境生，孰先孰后，孰主孰从，是为道理。

少年空叹愁，一晌醉方休。

往事浮梦河，唱尽欢与忧。

孤胆破东风，寂语仰西楼。

岁轮悄悄去，江水滚滚流。

晓来燕啼早，何处消浓酬？

百鸟朝阳飞，枝梢独我留。

青山碧穹照，红树绿杨舟。

总是离别情，花月绕心头。

小注

犹记得，童年之心境在阁廊，少年之心境在街巷，青年之心境在城邦；而如今，笔者之心境却在他乡；或又时，笔者之心境归故乡。

古诗·**蜘蛛**

题记： 观窗头蜘蛛有感而作。

吾名蜘蛛，结网等候。

小虫几何，天地所就。

五彩缤纷，飞来邂逅。

唯有苍蝇，翅开独秀。

铮铮之声，耳畔长留。

轻轻之姿，脑海常有。

我愿等待，无论身瘦。

为解离愁，只消一口。

道路漫漫，此生入酒。

思尔相切，与尔相守。

🌿 **小注**

对于笔者而言，蜘蛛是一种神奇的生物。起初，笔者
对它持有恐惧的心态；后来，为了克服这种心态，笔者饲

养并观察一只蜘蛛从成长到繁殖的经历；从而，笔者转变心态，由害怕到接纳，甚至任凭它走入灵感。

诗三首

七绝·霸王叹

山河美兮人亦美，浑浊清淡酒一杯。
虞姬两行临别泪，江东万骑战不归。

🌿 小注

在诗中，笔者感性地认为，西楚霸王项羽之所以不肯过江东，是因为他所爱的人已经离去，他的心也已经死了。

七绝·花自勉

冬雪压枝枝不低，我心直上九霄云。
天下何人不识君，来年花开再争春。

🌿 小注

"天下何人不识君"，天下何人不识乎？

七绝·赏雪

狂舞银龙腾白蛟，纷纷扬扬闹春晓。

一呼飞羽无数片，漫天梨花开颜笑。

🌀 小注

此诗的灵感来源于宋代张元的《雪》，但显然笔者没有写出应有的气势。并附张元之原诗。

雪

张 元

五丁仗剑决云霓，直取天河下帝畿。

战罢玉龙三百万，败鳞残甲满天飞。

天净沙 · 春怨

题记： 仿马致远《天净沙·秋思》而作。

孤树独木晚春，

冷雨凉风寒城，

白墙灰窗幽灯。

暗夜无声，

徒留天涯痴成。

小注

仿写是写诗的第一步，纵观全书，笔者所仿之作必附原作，以供参考学习。附元代马千里之《天净沙·秋思》。

天净沙·秋

马致远

枯藤老树昏鸦，

小桥流水人家，

古道西风瘦马。

夕阳西下，

断肠人在天涯。

五律·望夫新吟

二零零六年九月

题记： 以此诗怜天下之痴心女，嘲天下之负心汉。

讯铃报归晚，相思何渐渐。
君作锦套头，妾为守珠帘。
黄昏落无际，鸳枕卧难眠。
浪子坠花柳，可怜望夫贤。

🌺 小注

这首诗是笔者偶然间听到父母讨论一位朋友出轨的故事之后，所写下的作品，并以此表达了对这种行为的谴责和愤慨。其中，"锦套头"旧指"嫖客"，出自关汉卿的套曲《一枝花·不服老》；"珠帘"兼有"眼泪珠成帘"之意。

偶感二首

其一　五绝·偶感花月

花间月犹明，月下花曾泣。

花月交相映，离泪何以意。

其二　五绝·偶感落红

东风卷残去，红妆落千里。

昨夜潇香尽，已是黄花地。

小注

　　所谓偶感，都是笔者偶然间迸发的灵感，诗歌创作在一瞬完成，多为感性的表达，而少有理性的思考。

七夕过后诗三首

题记：青春时分，思恋季节，每逢七夕必有诗词；此三首即写于农历七月八日。

其一　采桑子

上　阕

东风沉醉佳节好。

天堂鹊桥，

人间怀抱。

对对情侣白头老。

下　阕

长夜无眠思君笑。

独卧山皋，

孤落荒岛。

岁岁七夕明月巧。

其二　六言诗

今夕又逢七夕，思意尽驱睡意。

或有牛郎织女？终究却是梦里。

其三　五律

去年相逢时，明月应忆否。

东风笑少年，但惹衣带瘦。

当夏又七夕，长夜影孤就。

我为佳人愁，心在黄昏后。

小注

诗词三首意不在今年，而忆在去年也。

七夕诗二首

题记： 应作于公元二零零六年农历七月七日。

五绝·怨

七夕当醉歌，明月啼花荷。
闰年佳节双，心潮起秋波。

五绝·劝

秋来西风行，花落枯叶明。
莫愁不相知，雨后天尤晴。

小注

丙戌年农历含双七月，故有"闰年佳节双"之说。笔者自怨自劝，自吟自鸣。

孤绝三首

题记： 孤绝三首，难解吾愁。

五绝·孤梅

孤梅寒冬做，雪中花枝笑。
当今盛夏时，心头她犹俏。

五绝·孤楼

孤楼守千日，复来寄红笺。
肠断归影稀，相思又三年。

五绝·孤桥

孤桥单月会，长夜渐翠微。
对饮交杯醉，梦破独自归。

仿古·幽灵之回忆

上　阕

月明星稀鬼飘忽，

寂寞离坟屋。

僵直身躯魂何去，

寻凄凉，

树老藤枯。

心田情旱无雨，

怀旧东风难书。

下　阕

冷清时节涕泪哭，

往事留且住。

终究黄叶黑泥入，

棺下土，

死不瞑目。

生前一片繁浮，

身后半张裹木。

🐛 **小注**

　　此仿古词，韵凭今律，上阕平启，下阕仄已；笔者尝以死为生，先死后生，至死复生，探求死之真谛，揭露生之善意。

心情诗二首

七律·爱于心头

口心如一守岁月，天涯情人耐寂寞。

超窗越户魂不归，颖留记忆思肠破。

我尝梦回旧时巷，爱似春风绕秋沃。

人生何处无芳草，尔地鲜花只一朵。

五古·无题有意

我立寒窗前，可爱万里雪，

心在吴越天，琴弦传超音，

相思又新颖，愿作牵牛星。

小注

前者乃藏头诗，后者乃嵌字诗，此中奥秘，已成往事。

五绝·闺思

琴筝十二弦，一思拨一弦。
相思十六年，拨断弦万千。

五绝·秋心

秋风扫春花，少年愁晚霞。
泪随夕阳下，心已到天涯。

六言诗·空夜

长空四望无垠，子夜东风晚铃。
天河尽头孤星，人间独揽真情。

小注

此三首应作于公元二零零五年秋夜，笔者称之为"闺思记年""秋心记月""空夜记时"似有层次也。

偶感三则

题记：高中夜自习时，晚风急推入门，凉润人心，不禁感怀。

五绝·晚凉

晚霜急推门，知是秋满城。
又似腊月风，却闻愁乐声。

🪶 小注

"愁乐声"泛指教室外之杂音。

五绝·怨女

残杏一叶黄，唤来天地秋。
守窗苦相思，难饮断肠愁。

🪶 小注

校园有杏林，叶黄则知秋。

五绝·秋思

掠鸟飞天过，瘦花随风落。
秋总催人思，十六更寂寞。

🐾 小注

十六，笔者年十六，家乡中秋节为八月十六日；故此推算，三首偶感应作于公元二零零五年农历八月十六日。

宁波相传农历八月十六日过中秋节的习俗。南宋宁宗时期，其宰相为史弥远，明州人士，即现在的宁波籍贯。史氏在朝多年，权势日盛，对金苟和；但其为人至孝，热爱故土，为官之时，每逢农历八月十五日，必定从京城临安赶回家乡明州，相当于现在从杭州到宁波，与母团聚，与民同乐，共庆团圆，明州百姓甚为拥戴。

某年中秋前夕，史氏处理朝廷公务，归期骤紧，骑马急回，行至中途，失之前蹄。无奈，史氏夜宿绍兴，次日方到明州，已是八月十六日。史氏心中苦恼，每年如期，今年迟到，愧对家乡父老。谁知明州百姓，非但不加埋怨，反而从早思盼，至夜不休，还将佳节推后一日，等其归来再行庆祝，如此风俗，延续至今。

诗情在碧霄

——我的写作心得

浙江宁波中学 2004 级学生　屠珺楠

　　不知从什么时候开始爱上了"诗歌"——这份中国文学的瑰宝。在童年的记忆中，我常常坐在树荫下借着缝隙中的阳光翱翔在诗书的天空，或是躺在夏夜的凉席上听妈妈讲述唐诗里的故事，也许这便是我灵感的萌芽。

　　渐渐地，时光的长河载着更多美妙的诗歌流淌过来。我汲取着河水中的养分，浇灌着心中的萌芽。青春，这是个灵感与情感爆发的时刻。书生意气，少年英姿，多少过往的事啊，在这一刻凝聚。

　　我钟情于祖国壮丽的山水，那千丈岩的瀑布飞泻，飞泻出"晴空闲鹤鸣山湫，江心一片入碧霄"；那五磊寺的钟声萦绕，萦绕着"五峰擎柱盘山上，江水弃我沉醉卧春床"；那姚江边的桃花开谢，盛开出"春风江口柳絮飞，夏日江岸桃花开"；那小楼房的柳枝曼舞，舞动着"柳静草青贺新云，风雨过后一点晴"。无论是"日落呈五彩"的霞云，还是"驾海乘浪骑碧诗"的风雨，都可以组成心中奇妙的意象。

我喜欢梦的感觉，在梦里我看到父母哺育着儿时的我，多少的汗水只因为我的成长，于是便有了"蓝蓝康乃馨，深深慈母心"的触动；在梦里我看到久别的故友，相见时眼中闪过思念的泪花，于是便有了"故人驾鹤已去，留我独倚此楼"的悲伤；在梦里我看到朦胧的背景，在我的心田种下相思的红豆，于是便有了"沉醉不消千百杯，淡抹婀娜背"的感怀。

我依旧热爱着书籍，那里有智勇双全的将军描绘着金戈铁马、气吞山河的鸿图，正如"三军雄纠纠，万里山河壮"；那里有才貌皆备的美人吟唱着东风西楼、花开花谢的哀曲，正如"孤楼守千日，几日盼归雁"；那里有壮士相别的悲歌，正如"豪情满腔尽忠胆，碧血长空祭轩辕"；那里有红颜相泣的琴音，正如"相思十六年，拨断弦万千"。

这一切都可以作为诗歌的灵感，它们源于生活，源于成长，源于梦想。凭着对诗歌的一腔热情，我开始将它作为情愿的载体，记录着我心中的故事。就这样，我用自己幼稚的、生疏的文字创造着这些深沉的精华。在灯下案前，我思考过，我彷徨过，我激动过，就像诗句中所吟叹着"夜深惆怅灯，惆怅随夜深。晚星照幽情，独自对清风"。面对着精深的中国古代诗歌，我的文笔过于浅显，但是作为一个博爱的老者，诗歌不会拒绝任何一个富于想象且充满情感的人。

我在诗歌创作的路途中摸索着，迎来了全新的高中生活。在宁波中学这个丰富多彩的校园里，我拥有了更多的创作灵感和写作空间，那浓浓的师生情，演绎着"一路随风过山河，满厢热情载欢歌"；那淡淡的游愁，飘逸着"可怜父母，相思孤独，白发银鬓望眼枯"；那条静静的小河，流淌着"东风荡彼岸，平波助秋色"；那棵幽幽的桂树，摇曳着"万里苍穹解絮飞，千条藤枝白花开"……无论是春风秋月，还是夏雨冬雪，都别具韵味，富有新鲜的诗意。我更要感谢那些关怀支持我的师长，特别是纪勇老师。正是在纪老师的指引下，我的写作热情才得以高涨，我的写作才一步步趋向成熟，"赐吾曰'楠竹'兮，授吾以智慧"，他的一言一语都是对我的鼓舞和肯定。马至千里，不忘伯乐之恩。

没有李太白的诗骨，没有李清照的词魂，没有马致远的曲风，我的诗歌创作才刚刚入门。然而我有着美好的希望，希望我的不懈追求和努力，有朝一日能够化作那只云鹤，将我的诗情放飞到碧霄之上。

2006 年秋

后　记

　　笔者，姓屠，名珺楠，字德成，生于一九八九年正月，曾就读于浙江省宁波中学，后考入华东师范大学，毕业获得工学硕士学位。

　　从一九九九年春至今，笔者创作诗词正好十七个年头，细微斟酌一下，大致可分为四个阶段：

　　第一阶段是探索，是信手的涂鸦。犹记得小学四年级下半学期，笔者搬离了童年的住处，心中感慨万分，便汇成了一句"搬家已成千古恨"而写入了当天的日记。从此，灵感的殿门便敞开了，日记本里，文言代替了白话，诗歌代言了心情。虽然那时候的作品不成气候，多为模仿与拼凑，但在我的心田，却播下了诗词的种子。这个阶段，最要感谢的是父母，继承了父亲喜好看书的习惯与母亲善感敏觉的性格，让我受益匪浅；他们也不和其他家长一样束缚孩子的天性，而是纵容了我的诗情词意，让灵感的骏马得以挣脱缰绳，驰骋于思维的辽原。

　　第二阶段是蜕变，是稚嫩的尝试。进入高中以后，青春三载的过隙浮华与校园百年的浓厚底蕴相碰撞，迸发出萌动的爱情、互动的友情、炫动的激情，我的灵感也围绕着这校园的主旋律，步入青春的大舞台。在这场盛会中创作的诸多诗歌和散文，形式和内容无法摆脱俗气和稚气，但想法与手法却在日新月异。这个阶段，最要感谢的是语文老师，她们没有被考试指挥棒所驾驭，而是传授、解答、鼓励、赏识、推荐，为我心田中的萌芽提供了滋润的土壤，使其得以茁壮成长。尤其是纪老师，他给我的诗集取名、作序并刊印，这份指导、关怀和支持，让灵感迈向了一个新的台阶。

第三阶段是发展，是热烈的奔流。如愿进入大学，这片最繁华的城域开拓了我的眼界，这座最美丽的学府增长了我的学识，这条最浪漫的河水承载了我的思想。灵感，毫无保留、毫无顾忌地宣泄出来，感性冲垮了理性，新奇的思维淹没了平淡的生活，诗歌也如潮水般喷涌出来。这个阶段，最要感谢的是朋友，你们不仅包容了我的奇思怪想、接纳了我的特立独行，而且用欢歌笑语装点了我的生活、用深情厚谊丰富了我的诗词。有了碧桃，才有了乱山的笔名；有了潇尘，才有了真神的祝福；有了你们所有人，才有了泰山顶上的咏调、才有了枣阳路边的对句、才有了中秋月下的诗会。

第四阶段是成熟，是冷静的雕琢。如同青春的彷徨一般，诗歌也随之进入了徘徊，数量的优势也无法挽回质量的颓势。灵感，我的自信来源于此，我的自卑也来源于此，旅人在沙漠中迷路，游轮在海洋中迷航，飞机在浩瀚中迷途。但我，又是幸运之宠儿。这个阶段，最要感谢的是指路的仙者、领航的星斗、识途的圣光。我参加了张老师的学生项目，收获了许多良句箴言，认识到生活的实践成就诗歌的新意；我选修了范老师的大学语文，收获了许多好书佳籍，认识到阅诗的积累造就诗歌的高度；我旁听了姚老师的汉字课程，收获了许多深评博论，认识到学术的沉淀练就诗歌的耐力。

本集主要收录的是第二阶段高中时期的一百八十七首诗词和文赋。二零零七年，刊印成册并发布网络；二零一一年，添加注释并订正韵脚；二零一四年，再次修改并三度验读；二零一六年，形成文稿并正式出版。

特此以记，致谢所有指导、关注、喜爱《楠竹集》的人们！